어떻게 내 사랑을 표현해야 할지

어떻게

내　사랑을

표현해야 할지

허휘수 지음

현암사

목차

3장

1장

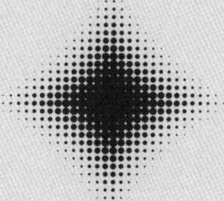

작가의 말

대작을 남기고 싶었다.

욕심과 완벽주의는 몸을 굳게 한다. 이제는 다작하는 창작자로 만족한다. 영감은 대체로 없다. 만들 뿐이다.

내 작품이 어떤지 평가하는 건 내 몫이 아니다.

작가의 탄생

"작가는 되는 것이 아니라 하는 거다 휘수야. 오늘은 글을 썼니?"

어머니가 물었다. 만나자마자 피곤했다.

"휘수야. 매일 써야 작가야. 하루라도 작가임을 잊지 않고 쓰는 게 작가야."

나는 언성을 약간 높여 말했다.

"엄마. 작가는 걸을 때도 낙서할 때도 놀 때도 글감을 찾는 거야. 산책하는 작가를 보고 직무유기라고 말할 수 없지. 난 지금도 글감을 찾는 중인 거야."

"그 말도 맞네. 그러니까 오늘 썼냐고."

"안 썼다. 왜. 하지만 오늘도 쓰고 있는 중이야. 문자로 적기 위한 과정 중에 있어."

가장 좋아하는 걸 물으신다면

I

알람 없이 개운하게 일어난 아침에 여유롭게 글을
쓸 수 있을 때

잎으로 우린 차를 마시며 창밖을 바라볼 때

〈사운드 오브 뮤직〉을 보며 '내가 좋아하는 것들
My favorite Things'을 들을 때

여행을 가 리조트에서 아침부터 수영할 때

우연히 발견한 옷이 나한테 찰떡일 때

게다가 가격도 착할 때

머리를 감고 드라이 안 했는데 예쁘게 말랐을 때

운전하는데 신호에 한 번도 걸리지 않을 때

과하게 짰던 계획을 모두 실행했을 때

위기 상황에 천재 같은 임기응변을 생각해 냈을 때

이렇게만 공부하면 시험 문제는 다 맞힐 수 있을
거 같을 때

내가 만든 작품에 대한 감상을 들을 때

안무가 너무 잘 짜질 때

아주 맛있는 음식에 잘 어울리는 술을 마실 때

심지어 다음 날 숙취도 없을 때

오랜만에 본 친구가 어제 본 것 같을 때

기분 좋아서 혼자 막춤을 추는 내 옆에 웃어주는
사람이 있을 때
　보통 이상의 감정을 나눌 수 있을 때
　흥얼거리던 노래의 음이 잘 올라갈 때
　걱정 없이 침대에 누워 이불의 촉감을 느낄 때
　유튜브 보다가 영상 속 소리가 멀어지면서 스르르
잠들 때

　나에게 가장 소중한 기억들 중 일부, 자주 반복되
길 바라는 순간이다.

책을 낭독하는 엄마의 목소리가 잠결에 들렸을
때

등교하는 버스 안에서 김밥을 두 개씩 입에 넣었
을 때

아빠의 차 안에서 〈파리의 연인〉을 DMB로 봤을 때

동생이 내가 해준 떡볶이가 제일 맛있다고 했을
때

찰스 발을 만지며 소파에서 책을 읽었을 때

우저가 멀리서 나를 보고 뛰어왔을 때

마당에서 고기 구워 먹고 물청소했을 때

언니가 처음 비밀 이야기를 털어놓았을 때

처음 애인한테 차이고 우는데 친구들이 놀리면서
웃었을 때

옆에서 한 명은 영상으로 찍고 있었을 때

아빠의 차를 타고 서울에서 부산까지 갔을 때

설날에 큰집에서 가족 다 같이 윷놀이했을 때

고등학교 친구의 결혼식 사회를 맡았을 때

조카를 처음 안았을 때

나에게 가장 소중한 기억들 중 일부, 다시는 없을 순간이다.

*

질문에 '가장'이 포함되면 대답하기 힘들다. 가장 좋아하는 음식, 가장 좋아하는 드라마…. 가벼운 대화 주제를 위한 질문들에 불필요하게 진지해진다. 가장… 가장이라. 가장 좋아하는 건 아직 없을 수도 있어요. 근데 좋아하는 것들은 있어요. 라고 대답하면 대화가 단절되기 십상이다.

그냥 '김치찌개'나 '더글로리'라고 대답할 수 있게 던져진 간단한 사회적 미션일 뿐이라는 걸 나도 안다. 여러 개 중 하나를 고르라고 '가장'이라는 조건을 붙였을 텐데 하나를 꼽기란 여간 어려운 일이 아니다. "가장 소중한 기억이 무엇인가요?"라고 하면 답변보다 꼬리에 꼬리를 물고 질문들이 이어진다. 소중한 기억? 어떤 면에서? 언제부터 언제까지? 소중하다는 말도 애매하지 않나? 긍정적인 순간만이 소중하진 않다. 내게 깨달음을 줬던 수많은 부끄러운 장면들, 나를 성장시킨 실패한 연애들, 악수를 뒀던 선택의 과정들도 한편으로 소중하다.

그렇다. 이쯤 되면 느끼겠지만 나는 스몰토크를 못한다. 가볍게 주고받는 대화는 다섯 마디 이상 해내기가 힘들다. 얕은 대화도 곧잘 깊은 어느 곳으로 데려가는, 좋게 말해 진중한 면이 가득한 인간이다. 이런 걸 흔히 진지충이라고 하지. 그렇다고 농담을 못하는 건 아니다. 유머를 사랑하고 해학을 삶의 철학으로 둔다. 그저 왜 세상에 '가장'을 넣은 질문이 이렇게나 많은지 궁금하다. 인생샷, 인생 여행, 인생 영화. 다 살아보지 않은 생을 통틀어 각 항목별 최고를 뽑으라는 질문은 사실 별로 가볍지 않다고 본다. 나의 타고난 기질이 이러해서 질문을 하는 것에도 에러사항이 많다.

스몰토크는 어떻게 하는 걸까. 좋은 스몰토크 주제를 제안해 보려다 포기했다. 좀 더 침묵을 견디고 조용하게 관찰할 줄 아는 사람이 되기로 하자.

ADHD라서 다행이다

오랜만에 가족들과 밥을 먹을 때 내가 물을 엎지르면 "왜 안 그러나 했다. 우리 휘수 왔네."라고 한다.

'덤벙이'라는 흔한 별명을 가졌던 아이는 하루 한 번 꼭 물컵을 쓰러뜨렸다. 초등학교 시절엔 알림장을 제대로 쓴 적이 없어 준비물을 챙겨 가지 못했다. 간단한 규칙도 잘 지키지 못했다. 지정된 본인 자리 이외에 자리를 옮겨 앉지 말라고 당부하셨던 중학교 담임 선생님의 말씀을 어기곤 했다. 어긴 횟수가 한 번, 두 번, 세 번이 넘어가자 나는 교무실 옆 공간에서 반성문을 썼다. 반성문에 들어가서는 안 되는 '어쩔 수 없이' '나도 모르게' '잘 모르겠다' 등의 표현을 반복해 쓴 형편없는 반성문이었다. 하지만 당시 나의 진심이었다. 왜 이토록 지키기 쉬운 규칙을 어겼는지 이해할 수 없었지만 그래도 잘못했다는 건 알고 있었다.

다시는 자리를 바꿔 앉지 않겠습니다. ○○○ 옆에 앉아 자습하고 싶어서 자리를 옮겼습니다. 선생님께서 여러 번 바꿔 앉지 말라고 하셨는데 저도 제가 왜 그랬는지는 잘 모르겠습니다. 순간적으로 바꿔 앉고 싶다는 마음이 들었고 들키지 않을 거라는 생각에 자리를 바꿔 앉았습니다. 선생님의 말씀을 듣고 무시하거나 반항하고 싶었던 것은 아닙니다. 정말 죄송합니다. 다시는 이런 행동을 하지 않겠습니다.

-1학년 6반 허휘수

이런 나를 어릴 땐 가족, 친구, 선생님이 많이 챙기고 봐주고 있었다는 걸 대학에 가고서야 알았다.

신입생 시절 동아리 회비를 두 달 동안 안 낸 적이 있다. 돈이 없던 게 아니었다. 여러 번 듣고 새겨도 뒤를 돌아서면 생각이 안 났다. 메모를 해놓으면 메모한 종이를 잃어버렸다. 수업 과제를 제대로 내본 경험도 거의 없다. 발표나 팀별 과제를 할 때는 남들에게 피해를 주기 싫어 어떻게든 해냈으나, 개인 과제라면 자꾸 잊었다. 대학 내내 춤을 추며 학과 공부에 소홀했던 게 사실이지만 그래도 너무 심한 정도였다. 나에게 주어진 대학생의 자유는 혼란의 시작이었다.

일을 시작하고서는 감당할 수 없을 만큼 일을 받고는 했다. 잠을 줄여가며 벌여놓은 일을 해냈지만, 꼭 몸이 아팠다. 늘 바쁘고 주기적으로 아팠다. 주위에선 열심히 사는 것도 좋지만 이토록 시간 관리가 안 되는 데는 문제가 있는 거 같다며 타이르곤 했다.

나도 알고는 있었다. 그런데 정확히 왜 이러는지 알 수 없었다. 내 행동을 해석하기 힘들었다. 무언가 변화가 필요하다고 느꼈지만, 노력만으로는 역부족이었다.

나이가 들수록 간단하고 당연한 사회적 규범과 예절을 지키지 못하는 사람에게 충고나 조언을 해주는 사람은 없어지기 마련이다. 그냥 그 단순한 일도 해내지 못하는 이상한 사람만 남는 것이다.

나를 이렇게 놔둘 수는 없었다. 나에게 문제가 있다면 알아내고 해결하고 싶었다. 그래서 정신과를 찾아갔다. 불안이 높고 집중이 안 되는 거 같으니 여러 검사를 받고 싶다고 했다. TCI(성격 및 기질 검사), 우울증, 공황장애 검사를 했고 결과는 깔끔했다.

진료실에는 의사 선생님이 온화한 미소를 지으며 앉아 계셨다. "우울도 아니고 공황도 아니네요. 이건 다행이에요." "아…. 그러네요." 무슨 문제가 있길 바란 건 아니지만 답을 얻지 못한 기분이라 시무룩해졌다.

"불안이 높은 건 다른 요인 때문일 수 있어요. 예를 들면 ADHD라던가. 이게 집중을 못하는 게 아니라 상황에 따라 집중력을 조절하는 능력이 부족한 거예요. ADHD가 있으면 불안이 약간 높을 수는 있거든요?"

아…! ADHD를 듣자마자 머리가 번뜩였다. 왜 이생각을 못 했지? 아무래도 나는 ADHD인 거 같았다.

"어! 저 ADHD인 거 같아요."

"아…. 아니…. 그게 그런 느낌으로 되는 건 아니고요. 몇 가지 질문을 먼저 해볼게요."

어린 시절 행동과 감정, 가족에 관한 몇 가지 질문에 답했고, 의사 선생님은 ADHD가 의심되긴 한다며 추가적인 검사를 권했다.

며칠 뒤 나는 ADHD 진단을 받았다.

"정도가 심하진 않지만, 이 정도면 ADHD로 볼 수 있습니다. 다만 지금 30대 성인이시고 활동적인 댄서로 일하고 계시잖아요?"

"근데 제가 앉아서 하는 일도 많이 해요. 영상 편집이나 서류 작업도 많이 하고 책도 쓰거든요. 어쩐지 책 쓸 때 너무 힘들더라고요."

"책을 쓰는 건 ADHD가 아니어도 힘든 일이잖아요. 약을 드셔보셔도 괜찮지만 이미 하고 계시는 일에 지장을 주는 수준이 아니라면 드시지 않아도 됩니다. 인지 행동 치료로 대체할 수도 있고요."

"아니요. 저 지장이 있어요."

"어떤 면에서 그렇게 느끼세요?"

"시간이나 일정을 체력에 맞게 계획적으로 관리하고 실행하는 게 어려워요. 그런 생활 습관이 부족하기도 하고요."

"아 그러시군요. 성격 기질 검사를 보시면 충동성이 아주 높게 나타나요. 충동적인 기질이 타고나게 높은 거라고 볼 수 있어요. 그런데 보통 ADHD 환자분들이 충동 조절을 어려워하시거든요. 그래서 타고난 충동성을 잘 관리하지 못하는 경향이 있으셨을 겁니다."

"아… 충동성…."

"ADHD 조절 약은 환자분들에 따라 차이는 있지만 만족도가 높은 편이에요. 체감하는 변화가 뚜렷하다고들 말씀하시더라고요. 내성이 있거나 의존도가 높은 약물은 아니기 때문에 적은 용량으로 일단 시작해 보시고 일주일 후에 계속 드실지 결정해 봐도 괜찮습니다."

"먹어보고 싶습니다."

일주일 치 약을 받아 병원을 나섰다. 해방감이 들었다. 그럴 줄 알았다. 그러면 그렇지. 내 잘못이 아니야. 내 노력이 부족한 게 아니었다고. ADHD 약을 처음 먹어본 날, 마치 다시 태어난 기분이었다. 머릿속이 조용하고 차분했다. 내가 어디에 있는지, 내가 누군지를 한층 또렷하게 인식할 수 있었다. 그 조그만 약 하나로 달라지는 인간의 존재가 우습기도 했지만 나를 변화시킨 약에 고맙기도 했다. 더 이상 날 의심하거나 탓하거나 비난하지 않아도 되니까. 약 30년간 보고 듣고 느낀 세상이 알던 것보다 훨씬 정갈했다. 남들은 처음부터 이런 조용한 세상에 살고 있었구나 싶어 부럽기도 했다.

이상하다고 여긴 어린 날의 기억들도 하나씩 그 퍼즐이 맞춰져 갔다. 중학교 1학년 때 난 자리를 바꿔 앉고 싶은 충동이 들었을 것이고, 그러면 안 된다는 걸 알면서도 충동을 조절하기가 힘들었을 것이다. 담임 선생님은 사회성이 좋고 예의도 바른 편이었던 내가 예상치 못한 이런 하찮은 사고를 치는 걸 의아해하셨다. 그때마다 "휘수야, 평소에 잘하다가 도대체 한 번씩 왜 그러니?"라며 안타까운 표정으로 꾸짖곤 하셨다.

저도 몰랐는데요, 선생님. 제가 아마 ADHD여서 그랬나 봐요. 죄송합니다.

약을 먹은 지 몇 달 후면 3년째다. 매일 나의 상태를 기록하기 때문에 먹는 날과 아닌 날의 차이가 극명하다는 걸 알고 있다. 물론 약을 처음 먹은 날처럼 놀라운 효과는 더 이상 없다. 잘되지 않던 일이나 공부가 약을 먹는다고 더 잘되는 것도 아니다. 다만 어떤 일을 할 때 효율을 높여주는 것은 사실이고, 나는 이 약의 도움을 받는 것에 점점 더 익숙해지고 있다. 성인 ADHD는 치료가 아닌 조절이 목적이다. 약을 먹는다고 해서 신체적인 변화로 증상이 완화되는 게 아니라 증상을 하루하루 조절하는 것이다.

그동안의 생활습관 개선과 노력으로 이제는 약이 없어도 옛날의 나로 돌아가진 않겠다는 생각이 들었다. 약을 줄여야겠다 싶어 의사 선생님을 찾아갔다.

"선생님. 약을 좀 점점 줄여가는 게 저의 목표예요. 그러려면 어떻게 해야 할까요?"

"지금 먹는 용량 정도로는 사실 평생 먹어도 문제가 없긴 합니다. 다만 계속 병원에 와야 하고, 약을 꾸준히 먹는다는 건 누구에게나 어려운 일이니 본인이 그렇다면 줄여보셔도 좋아요. 대신 천천히 해야 합니다."

"네. 저도 당장은 좀 힘들 거 같고요. 정말 길게 보면서 드리는 말씀이었습니다."

약을 먹지 않는 것만이 꼭 나에게 이로운 방법이라고 여기는 건 아니다. 그저 어떻게 사는 게 지속가능성 있게 삶을 잘 꾸려나가는 방법인지 고민할 뿐이다. 정돈된 세상을 알아버려서 그전으로 돌아가는 건 아직 두렵기도 하다. 계속 먹어도 괜찮다고 하는 의사 선생님의 말씀을 위안 삼아 결정을 유예하고 있다.

ADHD 진단은 고심해도 풀리지 않던 지난날의 미스터리를 풀어준 키다. 내가 왜 이렇게 화가 많고 오해가 많았는지 비로소 알게 됐다. 속이 너무 시끄러워서 눈앞의 것도 관찰할 여유가 없었던 거다. 자세히 들여다볼수록 사랑할 수 있다. 나도 사람도 인생도 세상도. 내가 어떻게 보이는지는 더 이상 그리 중요하지 않다. 대신에 이젠 내 앞의 인간이 어떤 세계에 사는지 궁금하다. 질문이 많은 사람이 되었다.

아무리 따져 물어도 자신을 이해할 수 없을 때 정신의학과의 도움을 받아보는 걸 조심스럽게 추천한다. 다른 병원과 마찬가지로 정신의학과에서 약만 처방받는 게 아니다. 건강한 삶을 위해 정형외과에선 바른 자세를, 내과에선 바른 식습관을, 치과에서는 바른 양치 방법을 배우듯이 정신의학과에서는 자신의 감정과 정신을 바르게 인식하고 관리하는 과정을 배운다. 제일 좋은 건 병원에 갈 일이 없는 것이겠지만 어차피 가야 한다면 좀 더 빨리, 자주 가는 게 좋지 않을까. 미친 세상에 살며 어떻게 미치지 않을 수 있냐는 우스갯소리가 가끔 우습지만은 않으니까.

큰 그림

내게 "정신 차려!"라고 자주 말하던 선배가 있었다.

그렇게 그 말이 듣기 싫었다.

나중에 정신의학과에서 ADHD 진단을 받고 알았다.

그 선배는 꽤 적절한 조언을 했다는 걸.

시인예찬

다시 태어나면 뭐가 되고 싶냐는 질문에 "시인이 되고 싶다."라고 답했다. 시인은 세상을 집요하게 관찰하는 사람으로, 나와는 정반대의 인간상인 것 같다고 말하며.

시에 대한 동경이 있다. 시는 죽었다 깨어나도 쓰지 못할 거 같았다.

춤이 시적이라는 생각을 하기 전까지는.

나는 몸으로 시를 쓰고 있을지도 모른다. 하지만 여전히 직설적인 것이 더 취향이다. 시는 역시 어렵다.

에세이

에세이는 읽지 않는다는 사람이 있다. 내 전작의 독자들 중에도 더러 있다. '원래 에세이는 읽지 않지만 좋아하는 유튜버가 쓴 책이라 읽었는데….' '에세이 안 좋아하는데 재밌더라….' '에세이 끝까지 못 읽는데 책으로 보는 유튜브 같아서 완독했다….' 이런 감상을 남기곤 한다.

글을 쓰는 일을 평생의 친구로 삼고 싶어진 지금, 문득 궁금했다. 에세이가 뭐길래 누군가는 읽지 않는다고 말하고 나는 지난 몇 년간 써온 것일까?

앞서 말한 '에세이는 읽지 않는다'는 말에는 일정 부분 에세이 장르를 향한 폄하의 시선도 담겨 있는 듯하다(당연히 장르마다 선호도가 다르겠지만). 소설은 읽지 않아, 시는 읽지 않아, 희곡은 읽지 않아 등의 말보다는 당당하고 거침없어 보인달까? 에세이를 써온 작가로서의 자격지심일 수도 막연한 서운함일 수도 있다. 그게 뭐든 나는 이 감정을 반드시 해결하고 넘어가야만 했다. 계속 찝찝하게 에세이를 쓸 수는 없었다. 장르에 위계가 있는 거라면 알고 싶었다. 알고 나면 인정할 수 있으니까.

그래서 에세이가 뭔데?

이런 고민을 더 깊게 하게 만든 세 명의 인물이 있

다. 먼저 어머니. 어머니는 소설가다. 언제나 책을 읽고 있는 분이었다. 아주 어릴 땐 아침에 어머니가 책을 낭독하는 소리에 잠에서 깨기도 했다. 인정하고 싶지 않았지만 내가 작가가 되는 데에 많은 영향을 줬다. 첫 책을 준비하던 때 처음으로 쓴 원고 몇 장을 어머니께 봐달라며 보냈다. 몇 시간 후 전화로 "휘수야 이대로만 써. 매력 있다. 넌 네가 쓰고 싶은 대로만 써."라고 답이 온 그 순간을 아직 기억한다. 글을 쓸 때의 두려움이 사라지고 디딤돌이 생긴 듯 단단한 느낌, 그 말 한마디가 지금까지 나를 작가로서 서 있게 한다.

동시에 어머니는 내가 이해할 수 없는 말을 자주 했는데.

"휘수야, 너는 문학성은 없어. 하지만 너의 글은 참 매력 있다."

매력 있다는 말보다는 문학성이 없다는 말이 마음에 더 꽂혀버렸다. 한두 번 들으면 그냥 넘길 말이었겠지만 문학성이 없다는 어머니의 평가는 그 후로도 자주 들었다. 서솔과 함께 쓴 책을 읽고 난 후에는 이제 비교하기에 이르렀다. 요지는 서솔은 문학성이 있다는 것이었다. 문학성이 뭘까? 고민하면서 서솔의 글을 다시 읽었다. 확실히 알긴 힘들었다. 나와 문체가 다르고 글의 분위기가 다른 건 당연했다. 어머니는 서솔에게 소설을 써보라고 제안했다. 휘수는 계속 에세이를 쓰라는 말도 이어졌다. 에세이가 뭔지 알기도 전에 소설이 뭔지도 궁금했다. 일종의 집착이었다.

서솔과 『우리 대화는 밤새도록 끝이 없지』를 내고 다음 해, 소설 수업을 들었다. 서솔은 대학 때부터 단편 소설 쓰는 수업을 들었다고 했다. 오랜만에 다시 소설 관련 수업을 듣고 싶다고 했고, 난 나의 궁금증을 풀 수 있는 계기가 되지 않을까 싶어 함께 갔다. 첫 수업에서 왜 소설 수업을 들으러 왔느냐는 질문을 받았다. 왜 하니까 생각나는 건 어머니의 말이었다.

"어머니가 저보고 문학성이 없다고 하더라고요. 소설을 쓰긴 힘들 거라고. 그래서 써보려고 왔습니다."

진짜 내가 소설을 쓰긴 힘들다면 직접 알아보고 싶었다.

소설을 쓰는 건 에세이와 확연히 달랐다. 에세이를 쓸 때는 다소 이성적인 상태로 글의 구조와 주제를 정하고 자판을 누르게 된다. 막힘없이 쓰다가도 잠시 멈춰 앞서 써온 문단을 객관적으로 돌아보는 여유도 있다. 춤으로 말하자면 에세이가 안무를 짜는 과정과 비슷하고 소설은 프리스타일 같았다. 1초 뒤에 발이 나갈지 손이 나갈지 하는 사전의 판단 없이 음악에 집중해 몸을 움직이는 상태와 닮았다. 내가 창조한 인물들이 어떻게 될지 확신할 수 없는 상태에서 이야기를 진행했다. 퇴고하는 과정에선 이 이야기가 나에게서 나온 게 맞는지 헷갈리기도 하고, 주인공들이 실제 존재하는 인물인 것처럼 궁금하기도 했다.

이를 통해 소설 수업에서 분명히 알게 된 건 에세이와 소설은 작가가 쓰면서 느끼는 감상이 각각 다르다는 것이었다.

*

평소에 안진은 나의 다양한 활동을 관심 있게 봐주었다. 말하지 않아도 내가 최근에 어떤 작업을 했는지 유튜브에는 어떤 영상이 올라갔는지 알고 있었고, 늘 내 글도 다 읽어주곤 했다. 10년 전 안진의 대학교 앞 맥줏집에서 "나 시 써."라고 고백한 이후 계속 시를 위해 사는 사람이기도 했다.

그는 온화한 얼굴로 날카로운 질문을 자주 던졌다. 한 번도 생각하지 못했던 송곳 같은 질문들. 내 성장 과정 곳곳에 의미 있는 구멍을 낸 인물이다.

언젠가의 지하철에서도 그랬다.

우린 중학교 때부터 친구였고, 그날은 함께 놀던 친구 두 명과 다 같이 밥을 먹고 집으로 향하는 길이었다.

"네 에세이 있잖아. 왜 더 솔직하지 못해?"

"그게 무슨 말이야?"

"에세이는 실제 일어난 일을 쓰잖아. 진짜잖아. 근데 네 글이 정말 솔직한지는 잘 모르겠더라고."

"네가 봤을 때?"

"나는 사건은 모르지만 너는 알잖아. 솔직하지 않은 거 같아서."

귀가 뜨거워지고 등에서는 식은땀이 차갑게 올라왔다. 안진의 바람대로 솔직해져 보자면 나는 이 질문에 화가 났다. 솔직하고 거침없는 문체가 매력이라던 다른 독자들의 리뷰를 꺼내 보여주고 싶은 심정이었다.

"솔직한 게 뭔데? 그러면 시는? 시야말로 솔직하지 못한 건 아니야?"

"시는 솔직해. 너무 날것이라서 어떨 때는 보이기가 부끄러울 정도야. 나는 에세이를 써보지 않아서 몰라. 궁금해서 물어보는 거야."

"나도 시를 써보지 않아서 모르겠다. 근데 시는 알아듣기가 힘들던데…."

"그냥 네가 더 솔직하면 재밌을 거 같아서. 왜 더 드러내지 않는지 아쉬웠어."

그 후로 몇 마디 서로의 견해차를 확인하는 대화를 마치고 안진은 동대문역사문화공원역에서 환승을 위해 내렸다. 아직 숨이 가빴다. 왜인지 분한 마음을 삭이지 못한 에세이스트를 싣고 지하철은 집으로 향했다.

서솔과 두 번째 책 『완전 망한 여행』을 내고 다시 소설 수업을 들었다. 이번엔 내가 먼저 제안했다. 이전과 비슷한 커리큘럼으로 진행되는 수업이었지만 4~5주간 일주일에 하나씩 에세이를 써 가는 과제가 있었다. 소설을 쓰기 앞서 자신의 이야기를 먼저 꺼내놓는 연습 차원이었다. A4로 한두 장 내 이야기를 쓰는 일은 어렵지 않았기에 대학 때도 하지 못했던, 올 출석에 모든 과제를 내는 학생이 될 수 있었다.

에세이를 쓰는 건 서솔에게도 익숙한 작업이었을 텐데 서솔의 반응은 이전과는 달랐다. 과제를 곧잘 해내는 모범생이었지만 매번 탐탁지 않아 하며 글을 제출했다. 서솔이 본인의 에세이에 내리는 평가는 늘 "재미없다."였다. 재밌기만 한데?라며 냉정한 평가를 완화하려고 해봤지만 서솔은 완강했다. '내 에세이는 이제 좀 재미없는 거 같다'는 입장을 고수했다. 그 이유가 궁금해 물었다.

"왜 재미없다고 생각해?"

"솔직하지 않아서?"

"솔직한 게 어떤 건데?"

"휘수는 솔직해. 휘수 에세이는 솔직해서 재밌어."

내 글이 솔직한 건지 아닌지 안진과 서솔이 합의해서 알려주면 좋겠다. 아무튼.

"네 글은 어떤 점에서 솔직하지 않다고 느껴?"

"내가 쓰면서 재미가 없어."

"쓰는 네가 재미가 없구나. 그래서 다시 보면서 심드렁하고."

"응. 에세이를 쓰는 게 옛날만큼 재밌지 않아."

"그래? 나는 너랑 더 쓰고 싶은데. 이제 안 쓰고 싶어?"

"아니 지금은 그렇다는 말이야. 당분간은 내가 뭘 더 쓸 수 있을지 모르겠어. 근데 휘수는 에세이로 계속 쓰고 싶은 게 있는 거지?"

"그러게. 그런 거 같네."

"난 지금은 하고 싶은 말이 없어. 그래서 솔직하지 않은 거 같고. 그래서 재미없어."

공저자를 잃는 게 아닌가 하는 마음에 잠시 불안했지만 '지금은'이라는 조건이 붙어서 안심했다. 나는 하고 싶은 말이 이렇게도 많은 것일까. 왜 계속 글을 쓰고 싶고 쓰고 있을까.

소설 수업에서 에세이에 대한 피드백이나 감상을 나누던 때, 선생님은 내 글을 보고 이렇게 말했다.

"제가 에세이는 잘 모르지만 휘수 님의 글을 보니 에세이도 참 장면 구성이 중요하다는 걸 알게 됐어요. 장면이 상상되는 좋은 글이었습니다."

칭찬받아 어깨가 들썩이고 올라가는 입꼬리를 주체하지 못하는 날 보며 깔깔대던 서솔은 카톡을 보냈다.

내가 재밌다고 했지?

칭찬만 받으면 들뜨는 내가 우스웠지만 어쩔 수
없었다. 그날 밤 잘 때까지 되뇌었다.

"장면이 상상되는… 흐흐…. 장면 구성… 흐흐….
재밌대…. 흐흐흐."

두 번째 소설을 쓸 땐 좀 더 정돈된 프리스타일을
구사했다. 인물의 운명을 미리 정하고 이야기를 진
행했다. 첫 경험 때보단 안정적이었고, 아직 미숙하
지만 끝까지 진행하는 힘을 키웠다. 내 이야기와 거
리를 두는 약간의 여유도 얻었다.

*

어머니는 대학에서 소설 수업을 한다. 은퇴 전 마
지막 수업일 거라며 수업을 영상으로 남겨두고 싶
다고 했다. 이는 곧 "휘수야 영상 좀 찍어줘."와 같은
말이었다. 행간을 읽은 나는 "내가 얼마나 바쁜 줄
알아?" 으름장을 놓고도 결국 찍어주러 가는 착하게
길러진 둘째 딸이었다.

어머니의 수업은 내가 들었던 수업과는 진행 방

41

식이 달랐다. 소설을 써오고 합평하는 건 같았지만 수업마다 소설 장르 이론 강의를 했다. 내 역할은 그 이론 강의를 촬영하는 것이었다.

"소설 속 세계는 실재가 아닙니다. 예술계죠. 플라톤은 이를 '미메시스'라 했습니다. 소설은 새로운 세계를 창조하는 일이죠. 현실이 아닙니다. 소설은 독자를 다른 세상으로 데려가는 것입니다. 창조된 세계, 인물, 생물, 배경은 모두 미메시스에 있습니다. 이를테면 해리포터도 마담 보바리도 모두 이곳에 있는 겁니다."

머리가 띵했다. 소설은 가짜, 수필은 진짜. 이건 중학교 때 배웠던 것이었다. 나의 오랜 고민이 고작 중등 교육과정의 정답을 얻기 위한 것이었나. 소설이 그런 것이라면 에세이는 무엇인가.

에세이essay는 에세essai에서 유래했으며, 이는 '시도하다' '경험하다'의 뜻을 지닌 프랑스어 에세이예essayer에서 파생된 명사다. 어떤 주제에 대해 형식에 얽매이지 않고 자유롭게 시도해 보는 글쓰기를 의미한다. 몽테뉴의 『에세Les essai(수상록)』가 이러한 새로운 글쓰기 형식을 정립했고, 이것이 영어로 통용되면서 '에세이'로 쓰였다.

시도는 어떤 일을 이루기 위한 행위다. 이에 따르면 에세이는 현실에서 행동하는 글이다. 어머니의 강의를 빌려 말하자면 이렇다.

"에세이는 실재입니다. 에세이는 독자를 나의 세상으로 데려오는 것입니다. 내 세상을 잘 정돈해 보여주는 것이죠. 나의 과거, 현재, 미래, 그리고 생각을 흥미롭게 유영할 수 있도록 하는 겁니다. 독자는 에세이를 읽으며 공감하고 비판하고 사유하며 본인의 삶과 마음을 돌아보게 되겠죠."

첫 수업이 끝나고 어머니가 수업이 어땠냐고 물었다. 얼떨떨한 표정으로 좋았다고 답했다. 아직 정리되지 않은 생각이 많았다.

서점에서 책을 보다가 문득 궁금했다. 보통 시와 소설, 희곡을 묶어 문학이라고 하지 않는가. 그런데 왜 '시/에세이'로 한데 묶여 진열되어 있는지 의문이 들었다. 안진의 음성이 들리는 듯했다.

왜 더 솔직하지 않아? 시는 솔직해.

그렇다. 시/에세이는 솔직함으로 묶인 파트였다. 한 주가 지나고 어머니의 수업 날, 대단한 걸 알아낸 유치원생처럼 달려가 말했다.

"엄마. 에세이는 진짜야. 그리고 시도 진짜야. 근데 소설은 다르지. 소설은 만들어낸 거야. 내가 소설도 써보니까 난 소설도 에세이처럼 써. 1인칭이 좋아. 엄마가 말하는 문학성이 뭔진 모르겠지만 난 이제 알 거 같기도 해."

어머니에겐 나의 발견이 그리 큰 감동을 주진 못한 듯했지만 설렘을 주체하지 못하고 가슴이 뛰었다. 이거였어. 맞아. 이거네. 서솔에게도 쫓아가 나의 발견을 요목조목 설명했다. 내심 서솔의 에세이 집필 의지가 꺾인 것이 신경 쓰이고 못내 아쉬웠기 때문이다.

"너에게는 글의 진정성이 중요해 보여. 에세이 형식보다는 소설에서 네가 훨씬 자유로울 수 있는 게 아닐까? 넌 미메시스가 더 좋은가 봐. 난 둘 다 좋은 거 같아."

다시 안진이 포함된 카톡방이 울린 날이었다. 만나는 날을 정하고부터 이 발견을 공유하고자 마음

44

먹었다.

그리고 다가온 디데이. 모두가 있는 자리에서 말을 꺼냈다.

"내가 왜 서점에서 시와 에세이가 한 파트에 분류되는지 깨달았어."

무슨 소리를 하는 거냐며 벙찐 얼굴로 볼 줄 알았지만, 다행히 친구들은 내가 원래 이런 인간인 걸 알았다.

"왜 그런 건데?"

안진이 물었다.

"에세이와 시는 모두 진짜야. 픽션이 아니지. 근데 조금 달라. 에세이는 영상으로 말하자면 다큐멘터리 같은 거야. 실제를 보여주지만 무엇부터, 어떻게, 어떤 색조로 드러낼지, 음악은 어떻게 쓸지, 장면 클로즈업할지 풀샷을 쓸지 감독의 의도대로 보여주는 거야. 그러니까 작가의 의도대로. 시는 현대예술 영상 같은 거야. 실제를 보여주지만, 푸티지footage*를 섞고 생략하고 이리저리 의도를 더하고 뺀 영상. 하지만 진짜지. 가짜가 아니야. 함축하니까 더 솔직하

---

*영화나 영상 제작 시 미편집된 원본을 의미한다.

고. 그래서 시와 에세이는 같은 파트에 있는 거 같아. 이걸 깨달았어."

진지하게 들어주던 친구 민경이 웃으며 받아쳤다. 민경은 갓 돌이 지난 아들이 있었다.

"야 좋겠다. 그런 깨달음을 얻을 시간도 있고. 나는 아들래미 밥 먹이고 씻기고 입히느라 내 시간이 없다. 너무 부럽다."

"그 생각을 왜 하게 된 건데?"

안진이 흥미롭다는 듯 말했다.

"네가 예전에 지하철에서 물어봤던 거 기억 안 나? 내 에세이, 왜 더 솔직하지 못하냐고 물었잖아."

안진은 난생처음 듣는다는 표정이었다. 그럴 만했다. 벌써 2년 전 일이니. 그 대화를 곱씹으며 생생히 기억한 사람이 나뿐인 건 이상하지 않았다.

이로써 날 고민하게 한 세 명에게 선언하듯 말하고 나니 평온이 찾아왔다. 2년에 걸쳐 풀어낸 생각이었다.

'글이 솔직한가? 독자들을 내 세상으로 들어올 수 있게 하는가? 독자들을 흥미롭게 하는가? 그리고 또….' 여전히 글을 쓸 땐 여러 잡생각으로 둘러싸이

게 된다. 하지만 에세이가 무엇인지는 더 이상 궁금
하지 않다. 에세이는 행동이며 시도이며 나이며 세
상이다.

제2의 삶

춤이 유일한 창작의 창구였을 땐 춤으로 모든 것을 표현하지 못하는 게 한심했다. 글을 쓰고 영상을 만들고 나선 느껴본 적 없는 자기혐오다. 글을 쓰는 건 정체성을 지키는 일이다. 이제 나는 글을 쓰기 전으로 돌아갈 수 없다.

학위와 자존심 사이

석사 논문을 아직 안 썼다. 쓰고 있지만 쓰고 있는 게 아니다. 교수님은 급기야 꼭 논문을 써야 하냐고 물었다. 논문 이외에도 졸업할 방법은 있다.

"교수님, 그래도 석사 졸업인데 가오가 있죠."

가오가 중요한 사람이 왜 이러냐고 했다. 역시 교수님은 맞는 말씀만 하신다.

인생은 실전

유튜브를 운영하면 좋은 점이 있다. 내 작업물에 대한 피드백이 빠르다는 것이다. 영상에서 어느 부분이 좋은지 내가 얼마나 매력적으로 보이는지를 실시간으로 알려주는 이들이 있어 기쁜 날이 많다. 물론 나쁜 점도 있는데 작업물에 대한 피드백이 빠르다는 것이다. 실시간으로 영상이 어떻게 형편없는지, 내 모습이 어떤 면에서 볼품없는지 알려준다.

악플 때문에 결국 자신에게 해를 가하는 많은 유명인의 사례를 자주 보고 듣는다. 언젠가 아흔아홉 개의 좋은 말이 주는 행복감보다 한 개의 날 선 댓글이 시린 칼바람처럼 가슴에 박힐 때의 섬뜩함이 크게 다가왔을 때, 혼자 되뇌었다. 이 정도로 뭘 그러니. 난 내가 아는 많은 유명인에 비하면 아무것도 아니라고. 유명세도, 사회적 명성도, 악플의 수위도.

연예인도 아니고 그렇다고 아주 일반인도 아닌, 조심스러우면 유난이라며 손가락질을 받기 좋고, 신경 쓰지 않으면 그래도 공인이지 않냐고 한 소리 듣기 좋은 애매한 위치. 늘 그렇게 중심을 잡기 힘든 상태가 반복됐다.

인지 부조화를 강하게 느꼈던 건 4년 전이다. 갑자기 유튜브 채널의 구독자가 늘면서 예상한 것보다 훨씬 다양한 사람을 만나게 됐다. 당시 난 댄스 스튜디오 소속 안무가로 안무 수업을 하고 있었고 수강생들과 가깝게 지냈다. 대부분의 수강생을 이제는 '내 제자'라고 칭할 만큼 그들과 돈독한 사제간이 되었다. 지금도 가끔 연락을 주고받으며 지낼 정도다. 꼭 소수의 몇 사람이 문제가 되는데 스튜디오에서도 그랬다.

첫 시작은 어느 가을날이었다. 연속으로 두 개의 수업을 진행했던 나는 수업 하나를 끝내고 잠시 스튜디오 인포데스크 쪽에서 땀을 식히고 있었다. 그때 원장님이 다가와서 나에게 오늘 만나기로 한 친구가 있냐고 물었다. 만남을 약속한 친구는 고사하고 그 누구와의 약속도 없었는데 말이다.

영문을 모르겠다는 표정으로 쳐다보니 눈치가 빠른 원장님은 단번에 알아챘다. 수업 시간이 다가와서 다시 들어가야 했고, 원장님은 자기가 알아서 처리하겠다며 수업에 집중하라고 했다. 마치고 나와서 다시 상황을 물어보니 아직 스튜디오 밖에서 나와 약속했다고 주장하는 사람이 서 있다는 것이다. 덜컥 두려움이 들었고 몸이 굳어갔다. 원장님은 숨을 몰아쉬는 내 등을 쓸어내리며 다시 한번 경고하고 올 테니 아직 퇴근하지 말라며 안심시켰다. 30분쯤 지났을까? 주변에서 이제 그 사람은 보이지 않았다. 나는 원장님, 인포데스크 직원, 소식을 듣고 와준 친구 이 세 사람의 호위를 받으며 택시를 타고 집으로 향했다. 인상착의를 들어봤을 땐 아는 사람이 절대 아니었다.

다음 날, 무심코 인스타그램 메시지 창을 확인하는데 단번에 '어제 찾아온 사람이 이 사람이구나.' 싶었다. 나를 '휘슬'이라고 불렀다(나를 휘슬이라고 부르다니. 절대 친구일 수 없다). 그는 회신하지 않은 메시지 창에 알 수 없는 말을 혼자 잔뜩 보냈고, 마지막쯤엔 오늘 밤에 보자며 일방적인 약속을 잡아두었다. 원장님 덕분에 나와 만날 수 없게 되자 온갖 욕설과 음담패설로 나를 모욕해 둔 것을 끝으로 메시지는 더 이상 오고 있지 않았다. 떨리는 손으로 계정 프로필을 눌러 대체 뭐하는 사람인지 확인하려 했는데 이미 탈퇴한 아이디라는 알림이 떴다. 지금 같으면 가만히 두지 않겠다며 모든 메시지를 캡처하고 보관해 법적 조치를 취할 방도를 찾았겠지만 그땐 무서운 마음이 앞섰다. 나는 그 메시지를 그냥 삭제하고 없었던 일처럼 지나갔다. 이후로도 기억에 남을 만한 나쁜 일이 자주 있진 않았지만 소소하게 불편한 일들은 반복되었다.

당시 나는 점점 지쳐갔던 것 같다. 지쳐가는 중엔 몰랐지만, 지금과는 확연히 다른 표정과 사회적 태도로 살았다. 사람들과 가까이 지내는 게 문제가 되자 그 누구와도 가깝게 지내지 않았다. 시간이 지나고 제자들에게 들었던 말에 따르면 '굉장히 방어적인 사람'이었다고 한다. 그럼에도 나를 따라준 제자들에게 여러 번 고마움을 표현했다.

*

사람이 절대로 숨길 수 없는 게 눈빛이라고 한다. A와 B는 눈빛만 봐도 흔히 말해 싸한 사람들이었다. 모두 내 댄스 레슨을 듣는 수강생이었고 수업 태도가 그리 좋지 못했고, 타인과 잘 어울리지 못해 계속 신경을 써야만 했다는 공통점이 있다. A는 슬리퍼를 신고 수업에 들어오거나, 춤을 추지 않고 멍하니 나를 응시하고는 했다. B는 겉보기에 적극적으로 보였으나 딱히 수업에 집중하지 않는 사람이었다. 이둘의 또 다른 공통점이 있었는데 그건 당시 친구들과 함께 운영하던 칵테일 바에도 자주 왔다는 것이다. 내가 일하는 시간을 어떻게 알고는 거의 근무일에 출근하듯 바에 와서 앉아 있었다. 가게 특성상 바에 앉아 있는 손님들과는 가벼운 대화를 나누는 경우가 많았는데 A, B는 항상 바에 앉았다. 불편한 마음이 들어도 일을 잘 해내야 한다는 생각에 내색하지 않고 그들을 대했는데 나의 친절이 왜곡되는 데는 시간이 오래 걸리지 않았다.

A는 인스타그램에 나를 태그하면서 '내 사랑' '내 사람' 등으로 소개했다. 카페에 나와 함께 간 것처럼 글을 올리거나, 호텔에서 나와 함께 있는 것처럼 게시글을 썼다. 레슨이나 칵테일 바에서 일할 때 입었던 옷을 묘사하며 나를 품평하기도 했다. 나는 원체 SNS를 잘 하지 않는 탓에 이런 만행을 발견한 사람도 제자 중 한 명이었다. 처음엔 그냥 팬으로서 좋아하는 정도로 보였는데 시간이 갈수록 심각해지는 것 같아 나에게도 알린 것이었다. 내 계정에서 캡처된 인스타그램 스토리나 게시글만 봐도 속이 울렁거렸다.

며칠 후엔 칵테일 바 앞에 영문을 모를 배달 음식이 놓여 있었다. 그날은 보통 내가 출근하는 요일이

었다. 바 오픈 시간에 맞춰 A가 들어왔고 나는 아직
출근 전이었다.

A는 매니저에게 "휘수 씨는 언제 오나요?" 물었
다. 매니저도 A가 어떤 행동을 해왔는지 알고 있었
고 "오늘 휘수 사장님은 안 와요."라고 거짓으로 답
했다. 당황하던 A는 배달 음식을 그럼 직원분들이
드시라며 자연스럽게 배달을 시킨 사람이 본인이라
는 것을 밝혔다. 매니저는 정중히 거절했고 A는 곧
바로 바를 나섰다. A가 가고 나서야 나는 출근할 수
있었다. 다행히 나의 개인정보를 아는 것은 아니라
집에 찾아오진 못했지만 일을 하는 공간에서 계속
불편함을 겪었다.

그즈음 점점 댄스 수업을 듣는 그의 태도도 나빠
지고 있었다. 대놓고 나의 디렉션을 무시하는 일도
많았다. 고민 끝에 원장님에게 말씀드려 A가 더 이
상 내 수업에 들어올 수 없도록 조치했다. 부당한 조
치라며 이유를 묻던 A는 자신의 감정을 발소리로
표출하며 스튜디오를 나갔다. 짐을 챙겨 퇴근하는
데 문 앞에 A가 기다리고 있었다.

"선생님, 저랑 이야기 좀 할 수 있나요? 원장님께
서 왜 선생님 수업을 못 듣는지 이유를 말씀 안 해주

셔서…."

아무 일도 일어나지 않은 듯, 영문을 모르겠다는 얼굴을 하고 나에게 물었다. 그땐 무섭기도 했지만, 일순간에 분노가 차올랐다.

"몰라서 물으세요? 스튜디오, 바. 제가 일하는 곳마다 와서 이게 뭐 하시는 겁니까. 인스타에 올리는 것들도 이미 다 봤습니다."

대놓고 말해도 여전히 자신은 잘못이 없다는 표정으로 멀뚱히 서 있었다.

"다시는 오지 마세요. 저한테는 물론이고 다른 수강생들한테도 피해가 가요. 정말 마지막으로 말씀드리는 겁니다."

얼굴을 구기고 내가 할 수 있는 최대한의 무거운 톤으로 경고했다. 그렇게 끝이 나는가 싶었다.

A가 잠잠하니 B가 문제였다. 보통 나는 B와 같이 소극적이고 사람들에게 잘 다가가지 못하는 수강생을 수업에서 그냥 지나치지 않았다. 적극적으로 말을 걸며 수업에 참여할 수 있게 돕는 편이다. B는 초반에는 그런 나를 잘 따르고 고마움을 표현하는 수강생이었다. 자주 선물을 가지고 왔었는데 본인이

쓰던 것을 주거나 그렇게 청결하지 못한 소품이었다. 마음은 고마웠지만 어딘가 찝찝함을 느낀 게 한두 번이 아니었다. 커피 흘린 자국이 만연한 책을 선물로 가지고 왔을 때는 나도 이 책이 있다며 다시 돌려보내기도 했다. 가장 기억에 남았던 선물은 별 1,000개를 접어 담은 유리병이었다. 짐빔 위스키병에 담긴 별을 보며 왠지 모르게 팔에 소름이 돋았다. 정성이 들어간 선물을 보고 이토록 부정적인 감정이 올라오는 게 이상했다. 겉보기에 멋진 선물은 아니었지만 소름이 돋을 정도인가 싶어 스스로도 어리둥절한 상태였다.

그때 알아차려야 했다. 직감을 믿어야 했다.

나와 친해졌다고 생각했는지 B는 칵테일 바에도 자주 오기 시작했다. 꼭 바 자리에 앉아서 내가 말을 걸어줄 때까지 눈으로 일하는 나를 쫓아다녔다. 어쩌다가 말이라도 걸면 반색하며 자기 이야기를 쏟아냈다.

B가 만취했던 날, 그의 동공이 풀려가는 걸 눈치채고 B의 등을 두드리고 쓸어내리며 그만 먹으라고 권했다. 그는 화장실을 가겠다며 일어났는데 비틀거리며 넘어지기까지 했다. 술잔을 깨뜨리고 물

을 흘려 한참을 정리하다가 더는 안 되겠다 싶어 택시를 불러 귀가시켰다. 무례한 손님은 가끔가다가 만나기 마련이니 이날의 해프닝은 가볍게 넘겼다.

다음 날, 매니저에게 문자가 왔다. '언니 이거 봤어요?' 문자와 함께 온 사진은 B로 추정되는 이의 인스타그램 스토리 캡처였다. 어제 B가 앉아 있던 자리에서 찍은 사진들이었다. 첫 번째로 게시된 스토리에는 매니저를 향한 욕설이 적혀 있었다. 그 이후에 게시된 스토리는 나에 관한 내용으로 짐작이 됐고 그렇게 몇 개나 더 게시되어 있었다. 내가 호의로 등을 두드린 행동을 콕 짚어 말하며 '너도 나를 만지고 싶었지.'라고 쓴 걸 보면서 정신이 혼미했다. 순간적으로는 내가 손을 대면 안 됐는데 하며 자책하다가 이내 정신을 차리고 나의 선의를 기억해 냈다. 정말 모욕적이었다. 심지어 내 주변 사람들에게까지 피해를 준다는 생각에 참을 수 없었다.

스튜디오에서 B에게 더 이상 내 수업을 들어올 수 없으며 칵테일 바에도 오지 않았으면 한다고 말했다. 스토리 내용을 이유로 들며 이런 일을 반복해서도 안 되며 그랬을 시에는 조치를 취하겠다는 경고도 함께 했다. 강경한 태도에 B는 말없이 뒤돌아 나갔다.

A와 B가 더 이상 스튜디오에 못 오게 됐다는 걸 알게 된 몇몇 수강생들이 조심스럽게 다가와 이제까지 있었던 일에 대해 털어놨다. 나뿐만 아니라 수강생들에게도 자주 연락을 취했던 것이다. 좋은 게 좋은 거라고 그냥 덮고 넘어가면 없었던 일이 되는 줄 알았던 안일함이 부끄러웠다. 나만 감내하면 되는 일이 아니라는 걸 어리석게도 수강생들의 말을 듣고야 깨달았다. 고소해야 하나 생각하게 된 것도 이때였다. 그 당시 나에게는 너무 큰 돈과 시간이 드는 일이었기에 고소는 고민하고 있었다. 직면하고 싶은 동시에 회피하고 싶었다. 이런 일은 당연히 처음이었기에 두려웠고 어려웠다. 하지만 두려움은 머지않아 분노로 바뀌었다.

A와 B의 인스타그램에는 새로운 게시글이 올라오기 시작했고 이제 그건 단순히 나를 모욕하거나 음해하는 글이 아니라 고소의 증거가 됐다. 인생은 실전이라는 걸 보여줘야만 했다. 변호사를 선임하고 고소장을 보냈다. 증거를 모으고, 증거물을 다시 보면서 진술서를 쓰고, 경찰 조사를 받고 검사에게 진술해야 했던 것이 하나하나 쉽진 않았다. 다만 이

일이 끝나고 나면 내가 조금 더 나를 잘 지킬 수 있는 사람이 될 거라는 믿음이 있었다. 나를 지키는 일이 곧 내 주변의 소중한 이들을 지키는 일이기도 하니까 포기할 수는 없었다.

정신 없이 시간은 흘렀고 그 무렵 스튜디오에서 안무 연습을 하고 있었다. 커피를 마시겠냐는 원장님의 문자에 달콤한 주스 같은 걸 사달라고 답했다. 5분 정도 지났을까? 지하 스튜디오가 쿵쿵 울릴 만큼 누군가 큰 발걸음으로 내려오는 소리가 들렸다. 원장님이었다.

"휘수야!!! 방금 내가 뭘 봤는지 알아???"

"뭔데. 왜!"

"카페에서 주문하는데 직원 한 명이 내 눈을 계속 피하는 거야. 그래서 유심히 봤는데…" 이어지는 말에 다리부터 소름이 돋았다.

"A였어. 미친 ×이 스튜디오 앞에 있는 카페에 취직했나 봐."

당시 A는 나를 볼 수 있는 모든 창구가 막혀 있었다. 유튜브, 인스타그램, 공식 계정을 그로부터 모두 차단했기 때문이다. A가 쓰는 댓글이나 사진은 더 이상 내 눈에 띌 수가 없었다. 스튜디오 주변에서는 늘 A를 마주칠까 두리번거리며 다녔다.

A의 집착은 여기서 끝이 아니었다. 한번은 청소년을 대상으로 한 강연에 연사로 참여했었는데 관객석에 A가 앉아 있었다. 청소년만 신청할 수 있는 강연에 나이를 속이고 참여한 것이다. 무대에서 그 얼굴을 봤을 때 5초 정도 말을 못 할 정도로 심장이 뛰었다. 아니겠지, 하면서 강연을 잘 마쳤는데 A는 보란 듯이 후기까지 남겼다.

떨리는 손으로 변호사에게 또 전화를 걸었다. 나는 추가 고소를 하기로 했다. 원래 고소의 목적은 엄벌이 아니라 나에게 행해지는 모든 행위를 멈추는 것이었다. 하지만 A의 집착이 사라지지 않는다는 것을 알고 더 강력한 수가 필요했다.

추가 고소 건으로 또 다시 경찰서를 드나들고 있을 때 변호사에게 전화가 왔다. B가 합의를 원한다는 것이었다. A와의 일을 겪고 나니 더 이상 여지를 주고 싶지 않아 거절했다. 합의하기 위한 조건을 말해보라고 해 쉽게 구하기 힘들 정도의 합의금을 말했다. 그 정도가 아니라면 생각 없다며 말이다. 다음 날 변호사가 다시 연락을 해왔다. B가 정신적으로 문제가 있다며 B의 어머니가 간곡히 부탁한다고 했단다. 어머니가 혼자서 경제활동을 하는 상황이고 금전적 여유가 전혀 없는 상태라고 했다. 그리고 B를 정신병원에 입원시킨다는 약속도 했다는 것이다.

마음이 약해진 나는 그 조건을 받아들였다. 몇 시간 후 B와 B 어머니의 지장이 찍힌 각서와 사과문이 메일로 들어왔다. 자필로 눌러 쓴 각서와 사과문을 읽어도 마음이 홀가분해지진 않았다. 나도 이러고 싶지 않았다고 한숨 같은 독백이 튀어나왔다. B보다 B 어머니의 지장이 더 얇고 지문은 닳아 있었다. 이걸 쓰고 있을 두 사람을 상상했다. 곧바로 이런 기분까지 들게 한 B가 원망스러웠다.

경찰 조사를 받은 A도 변호사에게 합의를 원한다는 의견을 전했다. 원래 제시한 합의금의 두 배를 줘도 해주지 않겠다고 했지만, 그는 지속적으로 합의를 원했다. B와 레퍼토리가 비슷했다. 정신적으로 문제가 있다, 사과문을 쓰겠다…. 합의하지 않겠다는 내 의견을 전했는데도 A 쪽이 합의 제안을 멈추지 않아 검사까지 전화를 해왔다. 원래는 행위만 멈추면 합의의 여지가 있지 않았냐, 변호사 비용도 만만

치 않을 텐데 합의하는 것도 방법이다, 직접적인 피해가 있는 건 아니라서 형량이 높게 나오지 않을 수 있다, 재판하러 가서 형량이 안 나오면 접근 금지 명령을 또 신청해야만 한다고 했다.

법을 잘 모르기에 덜컥 겁이 났다. 내 형편에 빚을 져가며 변호사 수임료를 냈던 터라 엄벌할 수도 없는 것이라면 지난 몇 개월간의 노력이 물거품이 되는 건 아닌가 두려웠다. 검사의 전화를 받고 나서는 변호사 수임료 이상의 합의금이라면 합의를 생각해볼 수 있을 것 같았다. 결국 A에게 사과문, 모든 SNS 계정을 삭제하겠다는 각서, 합의금을 받으며 합의했다.

합의금으로 빚을 갚은 후 변호사 성공 보수를 주고 나니 수중에는 딱 30만 원 정도가 남았다. 증거를 모으는 데에 도움을 준 지인들에게 작은 선물을 보내고 와인을 한 병 사서 집으로 왔다. 한 잔을 마시면서 진술서와 증거자료를 외장하드 깊숙한 곳에 넣었다. 법치국가 아래에서 진정 나를 잘 지켜냈다고 자축했다. 승리한 기분을 느끼려 노력했다. 한편에서 스멀스멀 올라오는 불쾌하고 찝찝한 감정, 이 모든 일을 겪지 않는 편이 훨씬 나았을 거라는 사실을 애써 무시하며.

고소가 마무리되고 단 하나 좋았던 점은 더 이상 불안하지 않다는 것이었다. 스튜디오에도 바에도 그들이 모습을 드러낼 일은 없다는 믿음이 한결 내 상태를 나아지게 했다.

*

여느 날처럼 바에서 근무하고 있는데 직원 한 명 이 나에게 다가왔다.

"제가 전화를 받았는데요. 사장님을 찾으시더라 고요."

"뭐라고 하는데요?"

"허휘수 씨 있냐고, 그래서 있다고 바꿔드릴까요 하니까 그냥 전화를 끊었어요."

"번호 남아 있지 않아요? 어디예요?"

"서울은 아닌 거 같더라고요. 지역 번호가."

나를 특별히 찾았고, 핸드폰이 아닌 지역 번호로 온 전화라기에 다시 전화해야 하나 싶었다. 예상이 가는 건 없었기에 직원에게 부탁해 해당 번호를 구 글에 검색해 보게 했다. 이내 직원이 놀라 소리를 지르며 외쳤다.

"이거 정신병원 안에 있는 공중전화 번호래요…."

A와 B의 얼굴이 스쳐 지나갔다. 다시 그 번호로 전화를 걸어봤지만 받지 않았고, 해당 정신병원에 특정 시간에 전화한 환자를 알 수 있냐는 문의도 해봤지만 알 수 없다는 답변이 돌아왔다. 이 이상 알고 싶지도 않았고 그럴 필요도 없다고 여겼다. A일 수도, B일 수도, 제3자일 수도 있겠지만 가게로 전화했다는 건 내 개인정보는 여전히 모른다는 것이니까. 한 번만 더 걸려라, 이번엔 진짜 감방에 넣는다고 벼르면서 그 전화가 다시 오길 기다렸는데 결국 오지 않았다.

지금에서야 담담하게 말할 수 있지만 그때 받은 심리적 압박은 어마어마한 수준이었다. 내가 점점 위축되고 달라지는 것 같을 때 더 이상 상황에 휘둘리지 않기 위해 심리상담소를 찾아갔다. 그해에 가장 잘한 일을 꼽으라면 심리상담을 받은 것이다. 금전적으로 여유롭지 않았지만 1년간 꾸준히 상담을 받았다. 이 시간을 견딘 것을 돌아보면 내가 안쓰럽기도 하지만 대견하기도 하다.

그때 입은 상처는 더 이상 나를 아프게 하지 못한

다. 결과론적이지만 지금 더 현명하게, 건강하게 유
튜브를 하고 일을 해나갈 수 있는 것도 그 시절을
잘 헤쳐왔기 때문이 아닐까.

역 설

"남 눈치를 보면 타인을 잘 이해할 것 같죠? 사실 반대예요. 자기 자신을 제대로 알아야 타인을 잘 이해하고 수용력도 높아지는 거예요."

심리상담에서 들었던 어떤 말보다 강렬하게 남은 말이다. 내 주변을 거의 다 이해하고 있다는 느낌이 들 때까지 1년이 걸렸다. 마지막 상담에서 상담 선생님은 나를 꽉 안아주셨다.

"잘할 수 있을 거예요."

심리상담은 정신적 퍼스널 트레이닝이다. 정신적 체력과 근육을 키워 지칠 때 스스로 다시 일어날 회복탄력성을 기르는 일이다. PT를 1년 받다 보면 혼자 운동할 수 있게 되듯, 상담도 1년 받다 보면 내가 나만의 상담가가 되어 질문을 던질 수 있다.

'지금 왜 화가 난 거예요?'

'무기력한 게 그냥 하기 싫은 거예요? 체력적으로 힘든 거예요?'

그러면 스스로 내담자가 되어 답을 찾아가기 시작한다. 이 과정은 아령을 들었다 놓았다 하는 것처럼 귀찮고 무겁고 힘들지만, 어느 순간 해야만 하는 것이 된다.

노후 계획

철인 3종 경기를 나가는 할머니가 되고 싶다. 30년쯤 남았으려나. 사회적으로는 조카가 자식을 낳을 때쯤이니 그보다는 조금 덜 남았을지 모른다. 이 생각을 하면 운동에 조급해지지 않는다. 아직 데뷔까지 최소 20년 남았다.

자기 객관화

지적 허영과 지적 호기심은 한 장 차라던데. 나한텐 허영이 좀 더 많은 것으로 보인다. 허영심은 나를 움직이게 한다. 계속해서 책 읽게 하고 글을 쓰게 하고 사고하게 한다.

넌 도대체 뭘 하니?

요즘 뭘 하고 사냐는 말로 주변에서 안부를 물어온다. 나? 뭘 하더라. 하는 거 많긴 해. 시큰둥한 대답이다.

일반적으로 안부를 물을 때 부모님 잘 계시는지, 건강은 괜찮은지, 그리고 일은 잘하고 있는가를 물어보게 된다. 일 관련해서는 이런 질문이 있을 수 있겠다. 회사는 잘 다니고 있어? 가게는 잘돼? 사업은 여전하고? 사람들이 이와 비슷한 질문을 나에게 할 때는 한 번씩 브레이크가 걸린다는 걸 느낀다. 아… 그러니까 허휘수한테는 뭘 물어봐야 되지? 유튜브? 글? 춤? 사업? 그래서 내 지인들이 선택하는 방법은 요새는 뭘 하고 있냐는 질문이다. 혹은 정말 내가 부산스럽게 움직이고 뭔가를 많이 하는 것 같기는 한데 정확히 정체를 알 수 없어서 묻는 말이기도 하겠다.

"넌 도대체 뭘 하니?"

일은 일상을 함께하게 된다. 나 역시 대부분의 시간을 일하며 보내고 있다. 적당히 불편하고 적당히 흥미로운 것들을 하면서. 한마디로 표현하기 힘든 일을 하고 있다는 사실은 분명하다. 나뿐만 아니라 다들 그럴 거다.

같은 맥락에서 회사 다닌다는 표현에 얼마나 많은 의미가 포함되어 있는지 보자. 회사에 출근한다, 업무를 보고한다, 동료들과 관계를 유지한다, 상사에게 혼이 난다, 제품이나 서비스를 영업한다, 실적을 발표한다, 거래처 미팅을 한다, 등. 이마저도 회사에 다닌다는 말에 내포된 의미의 1%도 설명하지 못할 것이다.

나도 마찬가지다. 유튜브를 한다는 말에는 하나의 영상이 올라가기까지 필요한 모든 과정이 포함된다. 촬영한다, 편집한다, 썸네일을 만든다, 광고주와 계약한다, 유튜브 매니저와 미팅한다, 편집자 월급을 입금한다, 제작비 지출 내역을 정리한다, 새로운 영상을 기획하고 구상한다, 등의 일이다. 유튜브를 운영하는 것은 내 주 업무이며 현재로서는 본업이라고도 볼 수 있다.

글을 쓰는 것은 어떨까? 작가로서 글을 쓰는 일은 단순히 회사를 다니는 일과 비교하기엔 어려움이 있다. 작가라는 건 자기 정체성과 연결된다. 작가이기 때문에 쓰는 것과 쓰고 싶기 때문에 쓰는 것이 혼재되어 있다.

나는 창작하지 않고는 마음속 답답함을 견디기 힘든 인간임을 나이가 들수록 절실히 느낀다. 글이 내 일상에 더 큰 비중을 차지하게 되면서 안무를 만드는 시간이 줄어든 걸 보며 깨달았다. 어떻게든 이야기를 만들고 표현하고 싶어 하는 사람이며 그 방법은 다양하다는 걸. 내 인생에 창작의 영역이 글과 춤만으로 한정되지 않을 거라고도 생각한다. 앞으로 또 어떤 표현의 방식이 내 일부분이 될지 설레는 마음으로 살고 있다. '예술'이라는 말은 오래도록 나를 가슴 벅차게 한다. 종교가 없는 내가 가장 충실히 믿고 있는 것이기도 하다.

　여러 가지 일을 한다고 대충하는 것은 아니다. 순간에 최선을 다하는 편이다. 절대적인 시간이 늘 부족하다고 느끼지만 그건 감내해야 할 몫이니 논외고. 한 번에 많은 프로젝트를 진행하는 건 내 성향상 꼭 필요할 수도 있다. 타고나길 금방 싫증을 느끼기 때문에 쉽게 질릴 틈 없는 업무 환경이 내게 잘 맞는다. 집중이 흐트러질 틈을 주지 않는 것이다. 지금까지 그런 환경에서 일하며 동료들에게 피해가 가지 않게 계획을 조정하는 실력도 많이 늘었다. 점점 이것저것 할 게 많아지니 마치 게임하듯 하루의 퀘스트를 깬다. 도파민 회로가 불균형하게 태어난 사람 (ADHD)에게는, 이렇듯 도파민 터지는 순간순간의 일상이 제격일지도 모른다.

물론 한 가지만 하지 않는 내가 불만족스러울 때도 많았다. 하나를 진득하게 하지 못하는 인간이 돼버린 느낌. 그리 유쾌하지 않았다. 이런 감각은 정제되지 않는 글을 휘갈기는 모닝 페이지를 가득 메운 주제이기도 하다. 난 뭘까. 뭘 하고 있는 걸까. 뭘 해야 할까. 나이가 들수록 하나에 전문성을 가지지 못한다는 불안감이 들기도 했다. 그런 내게 언젠가 대학 후배가 물었다.

"언니는 어떤 사람이 되고 싶은 거예요?"

당돌한 질문일 수도 있지만 애정이 어린 눈빛에서는 악의를 찾을 수 없었다. 순간적인 답변이었지만 꽤 그럴듯하게 받아쳤는데, 그건 날 하나의 명사만으로 정의하기 싫다는 식의 현학적인 이야기였다.

"난 명사를 내 이름 앞에 붙이는 건 부담되는 거 같아. 현재 진행형이나 형용사를 붙이는 게 더 어울린다고 생각해. 작가 허휘수, 유튜버 허휘수보다 글 쓰는 허휘수, 영상을 만드는 허휘수, 다양한 허휘수

80

같이."

대답을 듣고 수긍하는 후배의 얼굴을 보며 서둘러 뱉은 말이 나의 진심인지 아닌지 고민했다. 그땐 확실치 않았다. 그러다 유튜브에서 방송인 타일러의 인터뷰를 봤다. "안녕하세요. 타일러입니다."로 시작하는 인사, 그리고 이어지는 내용은 사업을 시작한 타일러에 관한 것이었다.

한국어를 나보다 잘하는 듯한 미국인이 한국에서 사업까지 한다고 하니 경외감이 들 때쯤 타일러가 말했다.

"저는 제 이름 앞에 직업을 이야기하는 걸 별로 좋아하지 않아요. 앞으로 뭘 하게 될지 모르니까요. 지금은 방송하고 사업도 하지만 앞으로는 제가 뭘 하게 될지 저도 모르죠."

문득 후배에게 질문받은 순간이 떠올랐다. 당시에 내 대답은 방어적이었다면 타일러의 이야기는 훨씬 주체적으로 느껴졌다.

그리고 생각했다.

나도 그때 진심이었는지 몰라. 아니, 진심이었다

고 치자. 지금부터라도 주체적으로 살면 되잖아.

더 솔직해져 보자면 정말 내가 뭘 하고 싶은지 사실 모르겠다. 향후 몇 달 안에 하고 싶은 것은 있지만 몇 년 뒤의 모습을 상상하기란 내게 늘 어려운 일이다. 그저 지금 주어진 일들을 열심히 하면 막연히 멋진, 능력 있는, 좋은 사람이 되어 있을 거라 기대하곤 한다. 나를 정의하는 일은 하고 싶다의 문제가 아니라 할 수 없다의 문제다. 그래서 어떤 사람이 되고 싶은지 미래지향적으로 말하는 사람들 사이에서 나는 뒤를 돌아볼 수밖에 없다. 해온 선택들과 지나온 시간을 분석하며 일종의 흐름으로 나를 가늠하고 기대할 뿐이다. 내가 이런 걸 좋아하는구나, 지향하는구나 이렇게.

각자의 자리에서 흐르기 시작한 물줄기가 모여서 강을 만들 때쯤엔 이 강이 어느 바다로 흘러갈지 알 수 있을 것이다. 대책 없다며, 철이 없다며 자조하기도 하지만 결론은 '내가 어찌할 수 없다.'라는 거다. 아직도 어디로 흘러갈지 예측할 수 없는 물줄기들을 안고 살지만 조금씩 수심이 깊어짐을 느낀다. 바다로 흘러 들어가기까지 시간이 얼마나 더 남은 것인지도 여전히 모르겠지만 말이다. 물이 고이지 않

게, 계속 흐르게 해 끝없이 맑은 물줄기를 만드는 게
지금 여기, 내가 할 일이라고 믿는다.

2장

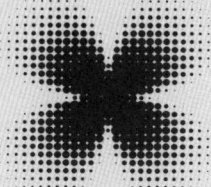

증언

조카가 많이 활발하다. 감당이 안 되는 에너지를 가지고 있다. 조카를 한참 진정시켜도 말을 듣지 않아 "쟤는 왜 저럴까…" 하는 나를 보던 아버지.

"니는 더 했다."

조카가 하루 종일 TV를 보는 게 걱정이라는 우리 언니. 아버지는 웃으며 말했다.

"개안타. 휘수도 맨날 천날 TV만 봤다. 대학만 잘 가더라."

운전 중에 뒷좌석에서 너무 시끄럽게 떠드는 조카에게 주의를 줬다. 아버지는 또 말했다.

"놔둬라. 니가 더 했다. 최소한 인호는 시트는 발로 안 찬다 아이가."

내가 왜 이렇게 자랐는지 알 수 있었다.

타이밍

어머니와 또 의견이 달랐다. "아 엄마 아니라니까!" 육박지르지 않으면 발언 기회를 얻을 수 없는 힘든 대화다. 그럼에도 말을 멈추지 않는 어머니의 이야기를 끝까지 듣고 한마디했다.

"그것만이 유일한 질서는 아니야."

언젠가 어머니가 소개해 준 책의 구절이다.

오늘은 내가 이겼다.

이해하려면 관심이 필요하다

어린 시절 아버지는 무뚝뚝하고 무심한 사람이었다. 아홉 살 때 내가 준 편지를 머리맡에 던져놓고는 3일 넘게 보지 않았다. 나는 울면서 편지를 다시 가져와 구겨서 버렸다. 내가 더 아버지를 사랑한다는 걸 인정하기 싫어 편지를 썼다는 사실을 아무에게도 들키지 않으려 노력했다. 중학교, 고등학교, 대학교를 졸업할 때까지 아버지에게 단 한 번도 편지를 쓰지 않았다.

아버지는 남동생만 좋아했다. 남동생은 야구팬이었다. 그가 막 중학교에 올라갔을 때 여섯 살 때부터 친하던 동생의 친구는 프로 야구선수를 꿈꾸며 야구 명문 중학교에 들어갔다. 이를 부러워하던 동생은 아버지에게 야구를 할 수 있게 해달라고 부탁했고, 얼마 후 롯데 자이언츠 프로선수를 몇몇 배출했다는 모 중학교로 전학했다. 그렇게 야구부에 들어갔는데 1년 후 부상으로 활동을 그만뒀다.

고등학교 2학년으로 올라가던 겨울 방학, 나는 문·이과를 정하기 위해 생각해 둔 진로 계획을 아버지에게 이야기했다.

"아빠 나 뮤지컬 배우가 하고 싶어. 그러니까 문과 갈게. 수학을 좀 하니까 문과 가면 성적도 괜찮게 받을 수 있을 거 같아."

꿈도 확실했고, 굳이 이과를 갈 이유가 없다는 게 내 주장이었다. 동생의 꿈을 적극적으로 지지했던 아버지라면 당연히 내 선택도 응원해 줄 거로 믿었다. 그런데 나의 진로 계획은 단칼에 거절당했고 대화의 여지도 없이 이과로 결정됐다. "대학 가면 하고 싶은 거 다 해라."라는 말과 함께. 난 심지어 대학을 물리학과로 진학했다.

어머니는 가끔 아버지의 다정함에 대해 말하고는 했다. 인생이 덧없다고 느꼈을 때 다정하고 헌신적인 너희 아버지 덕분에 결혼했고, 아들딸을 셋이나 낳았다고 말이다. 어머니가 아버지의 성정을 다정함으로 정의할 때마다 공감할 수 없었다. 대체로 무표정한 얼굴, 집에선 러닝셔츠에 트렁크 차림으로 잠만 자던 사람이었기 때문이다. 그러다 뭐라도 잘못한 날이면 불같이 화를 냈다. 우리 때만 해도 체벌은 당연했다. 아버지한테 회초리로 종아리를 맞을 땐 아파서 펄쩍 뛰면서도 무서워서 약속한 횟수를 채워 맞기도 했다. 그러다 보니 아버지에 대한 좋은 감정보다 부정적인 마음들이 더 크게 자리 잡은 상태였다.

고등학교 학생회장이 되던 날 아버지가 학교로 찾아와 교장 선생님께 인사를 드렸다고 했을 때도 난처한 마음이 먼저 들었다. 왜 굳이 찾아왔지. 내가 알아서 하는데. 관심도 없다가 이제 와서 자기 몫을 주장하는 것 같아 괘씸한 마음도 들었다. 스물한 살에는 대학을 가서 두 번째로 맞는 생일날 아버지가 서울로 올라와 함께 호텔 뷔페에서 밥을 먹었다. 기분이 좋았지만 한편으로는 불편했다. 무슨 이야기를 해야 할지 몰라 머릿속으로 계속 다음 이야기 주제를 찾으며 그 시간을 보냈다. 침묵을 견디기엔 너무 어렸다.

*

대학 생활이 끝나갈 때쯤 나는 애매한 존재가 되어 있었다. 학점 2점대로 대학 졸업을 앞둔 스물다섯 살. 스무 살부터 5년 동안 춤만 췄지만 아무도 나를 댄서라고 알아주지도 않았다. 그저 대학 댄스 동아리 활동을 꽤 오래 하는 특이한 선배 정도였다. 대학을 졸업하고 나면 서울에 있을 이유도 딱히 없었다. 학생도 아니고 서울에서 일을 하는 직장인도 아니니까. 이제까지 해온 춤, 문화 기획 일로 먹고살 만한 돈을 벌 수도 없었다(댄스 행사, 문화예술 행사 기획자로 일하기도 했고 춤으로는 공연을 뛰면서 푼돈을 벌기는 했다). 그 무렵 아버지로부터 더 이상 자취방 월세를 내주지 않겠다는 통보를 받았다. 대학까지 책임졌으니 이제 스스로 살 길을 찾아보라는 것이었다. 합리적이라 반박할 수도 없었다.

서울에 살고 싶었다. 내가 하고자 했던 문화예술 분야의 인프라는 수도권과 지방에서의 차이가 특히 극명했다. 그럼 먼저 돈을 벌 방법을 찾아야 했지만 아무리 고민해도 할 줄 아는 게 없다는 결론뿐이었다. 대학을 다니면서도 한순간도 여유로웠던 적이 없는데, 열심히 살았는데 남은 게 없었다. 하지만 남들처럼 취업을 준비하긴 죽기보다 싫었다. 그럴 바엔 부산으로 내려가 인생을 새롭게 시작하는 게 훨씬 낫다고 생각했다. 자존심만 센 어리석은 인간이 되고 있었다.

아버지에게 마지막 월세를 받은 날 생각했다. 부산이 살 만한지 확인해야겠다고. 통장에는 8,900원이 있었다(정확히 기억하는 이유는 10,000원을 atm기에서 뽑기 위해 1,100원을 찾아보려고 자취방 대청소를 했기 때문이다. 700원밖에 못 찾아서 실패했다). 당연히 부산행 기차표를 살 수 없었다. 없는 형편에도 오래 걸리는 버스는 타고 싶지 않았다. 그래서 아직까진 비빌 수 있는 언덕에게 전화했다.

"아빠, 나 부산 가고 싶은데 돈이 없다. 기차표 사게 10만 원만 보내주면 안 돼?"

"부산 왜 올라고? 곧 니 졸업식 때 볼 긴데."

"그냥 좀 쉴라고. 자취방 답답해."

"그래 온나."

아직까진 전화 한 통으로 10만 원을 벌 수 있어 다행이라 생각했다.

부산역에 도착하니 아버지의 카니발이 보였다. 캠핑 짐이 가득 실려 있는 하얀 구형 카니발에 올라타면 온 시트에 반려견 깔롱이 털이 여기저기 묻어 있었다. 그 안에서 요란한 소리를 내는 에어컨을 쐬며 집으로 향했다.

텁텁한 공기가 가득한 부산 집으로 들어서자 깔롱이가 빼꼼 얼굴을 내어 보았다. 덥지도 않은지 헥헥대지도 않았다. 온몸이 땀으로 범벅된 나는 평온한 깔롱이를 보면서 이 집의 기본 온도를 가늠해 볼 수 있었다. 보통 미지근하게 약간은 뜨뜻한 여름을 보내는 집이구나. 더위를 많이 타는 나에게 부산은 후텁지근한 곳이었다. 같이 살지 않은 지 5년이 지났을 뿐인데 어색한 건 온도뿐만이 아니었다. 에어컨을 최저 온도로 내리고 거실에 앉아 TV를 켰다. 모니터도 없는 자취방에서 살다가 내 몸만 한 큰 TV를 보고 있자니 집에 온 게 실감 났다. 고요함을 채우려 재잘재잘 아무 말이나 내뱉던 작은 딸도 조금 자라서 침묵을 유지하게 되니 집엔 TV 소리만 가득했다. 해가 질 때까지 OCN에서 방영해 주는, 몇 번을 봤는지도 모를 영화를 멍하니 봤다.

저녁을 먹을 때쯤 되자 TV 소리를 방해하는 벨소리가 울렸다. 언니였다. 드디어 OCN을 그만 볼 수 있게 되었다는 후련함이 들었다. 언니는 내가 왔다는 소식을 듣고 급히 저녁 약속을 잡았다. 언니를 만나러 또 다시 구형 카니발에 몸을 실었다.

에어컨 소리를 백색 소음 삼아 서면을 지나고 있었다. 처음으로 아버지가 질문을 했다.

"휘수야, 이제 졸업하면 어쩔 기고?"

부산으로 오는 기차에서 이 질문의 답을 고심하면서 왔던 게 무색하게 말문이 막혔다. 아버지의 돈으로 부산행을 택했으니 응당 받아야 하는 질문이었다. 준비되지 않았을 뿐이었다.

"몰라? 돈 벌어서 살아야지."

"춤을 계속 출 거가? 교직이수를 하라고 아빠가 몇 번 말하대."

"교직이수를 해서 뭐하노. 내가 과학 선생님을 할 수 있겠나?"

OCN 영화만큼 지리멸렬한 소리였다. 교직이수를 하라고 100번은 넘게 잔소리했었다.

아버지는 원래 미대를 가고 싶었다. 그림을 좋아했다. 교내 사생 대회를 준비하던 초등학교 4학년 때, 나의 스케치를 유심히 보던 아버지는 이렇게 하면 어떻겠냐며 연필을 들었다. 통일 기원 포스터를 그리는 것이었는데 그려져 있던 벽을 조금 허물어뜨리는 듯이 바꾸고, 그 사이에 비둘기를 그려 넣었다. 예시를 보고 그리는 것도 아닌데 멋진 비둘기를 한 번에 그리는 게 신기했다(몰래 비둘기는 지우고 제출했다).

미술에 소질이 있었음에도 미대를 진학한다는 건 80년대에는 말도 안 되는 몽상이었기 때문에 아버지는 할머니의 의견에 따라 전기공학과로 입학했다. 대학을 졸업한 후 창업을 했다가 잘 안 되자 선택한 직업이 선생님이었다. 30년 동안 수학을 가르쳤다. 빛을 발하지 못한 아버지의 그림 실력은 판서에서 발휘됐다. 나는 아직도 아버지만큼 판서를 잘하고 도형과 그래프를 잘 그리는 수학 선생님을 본 적 없다.

언니를 만나 밥을 먹는데도 속이 꽉 막힌 느낌은 가시지 않았다. 불편한 분위기를 읽은 것인지 언니도 그저 나의 근황이 궁금한 것인지 같은 질문을 했다. 대학 졸업을 앞두고 뭘 할 거냐고. 계속 춤이나 출 거냐고. 예술은 아무나 하냐고. 당장 집도 절도 없는데 대책이 있어야 되지 않겠냐고.

현실적인 질문을 가득 품은 두 사람 앞에서 몽상가는 겨우 입을 뗐다.

"어떻게든 살아야지. 나도 고민하는 중이다. 이제 손은 안 벌릴 거다. 걱정하지 마라."

대학 졸업식 날, 자취방을 함께 정리해 주려 아버지가 왔다. 서울에 남겨둘 짐은 두고 아버지가 선물해 주어 대학 내내 사용하던 침대를 분해해 부산 집으로 가져가기로 했다. 꼼짝없이 단둘이서 일곱 시간 정도 아버지 차를 타고 이동해야 했다. 출발 전부터 숨이 턱 막힐 지경이었다. 앞에 두 자리를 제외한 뒷자리가 모두 내 자취방 짐으로 채워졌다.

"아빠가 우리 휘수 사립 초등학교 보내려고 새벽에 줄 섰던 게 엊그제 같은데 대학을 다 졸업했네."

나는 초등학교 1학년부터 3학년까지 교복을 입는 사립 초등학교를 다녔다. 그 당시에 방과 후 활동으로 테니스, 바이올린 등을 했던 기억이 있다. 4학년 때 공립 초등학교로 전학을 갔고 1, 2, 3학년의 기억은 흐릿해졌다.

갑자기 이 이야기를 왜 꺼내는지 알 수 없었다. 이내 아버지의 시간은 더 거꾸로 흘렀다.

"휘수 니 유치원 때 기억나나?"

당연히 기억나지 않았다.

"공개 수업한다고 해서 아빠가 휴가를 내고 니 유치원에 갔어. 신발장에서 아무리 찾아도 니 이름이 없는 거라. 그래 가꼬 한참을 찾는데 허휘수가 아니라 '수휘허'라고 해논기라. 이름을 꺼꾸로 써놨더라고. 니만 30명 중에 니만. '우리 아만 지 이름도 몬 쓰네.' 하고 수업하는 교실로 갔다? 근데 또 니가 없는 거라. 또 한참 찾다 보니까 애들 다 공부하는데 니만 교실 뒤에서 자고 있더라고. 유치원 체육복 덮고. 그래서 니 담임 샘한테 인사도 못 하고 그냥 나왔다 아이가. 쪼팔리가."

아버지는 신나게 옛날이야기를 이어나갔다. 내가 태어났을 때 근처 유아용품점을 싹쓸이해 온 이야기, 나를 업고 언니를 안고 밤중에 이사하던 이야기, 어린 내가 너무 많이 먹어서 밥을 못 먹게 했던 이야기. 언젠가 들어봤고 앞으로도 들을 거 같은 옛이야기를 늘어놨다.

온통 나에게 잘해준 기억만 늘어놓는 아버지에게 지금이면 물어볼 수 있을 거란 생각이 들었다. 아버지가 그때 왜 그랬는지.

"생각해 보면 니 어릴 때…, 니가 한 중학교 때까지 아빠가 우울증이었던 거 같다. 그때는 그런 개념도 모르고 관심도 없고 하니까 몰랐거든. 새벽까지 일하고 어떨 때는 술도 마셔야 하고. 술도 뭐 보통 마시나. 주면 다 마셔야지. 근데 또 아침 일곱 시 반에 회의 있고 하니까. 어떨 때는 차에 딱 타면 눈물이 그냥 나더라니까? 맨날 잠은 모자라고. 옛날에 회사가 뭐 다 이랬는데. 돈은 젤 많이 벌 때인데 아빠는 젤 힘들었던 거 같다."

어색함이 풀어지고 처음으로 한 인간이 궁금했

다. 제일 좋아하는 노래, 즐겨 입는 옷 스타일, 수염을 기르는 이유, 꿈을 연달아 질문했다.

프랭크 시나트라Frank Sinatra의 '마이웨이My way'를 좋아하고, 청바지와 카멜색의 워커를 좋아하고, 흰 수염을 기르는 건 어린 시절부터 가져온 로망이었고, 더 늙기 전에 이탈리아로 여행을 가고 싶다고 했다. 사과도 받았다. 그때 동생의 야구 선수 진로만 지원해 준 것은 걔가 아들이어서가 맞다고 하며 미안하다고 했다. 그리고 넌 대학 가서는 진짜 하고 싶은 것만 하지 않았냐고, 돈이 얼마나 들었는지 알기나 하냐며 퉁치자고 제안했다. 솔직히 인정하는 모습에 흔쾌히 퉁쳐줬다.

다시 카니발에 에어컨 소리만 가득해졌을 때 몇 주 전 대답하지 못한 답을 미완성인 채로 내놓았다.

"아빠, 나는 서울에 아직 있고 싶어. 필요하면 공부도 더 하고 싶고. 춤추는 것도 더 해보고 싶어. 당장 다른 애들처럼 진로를 잡아서 취업을 준비하고 이런 건 안 하고 싶어. 사실 어떻게 하는지도 몰라. 관심이 없었거든. 아빠가 대학 가서 하고 싶은 거 다 하라매. 못 해본 거 많단 말이야. 일단 좀 살아볼게. 어떻게든."

"그래 니 아직 어리다. 지금부터 한 10년은 더 마음대로 살아도 된다. 근데 30대 중반에는 방향성이 잡혀야 된디. 아빠가 살아보니 그렇더라. 이제 겨우 대학 나왔으니까 잘 생각해 봐라. 우리 딸이 착해서… 착하기만 해서 아빠가 걱정이 많은데, 그래도 똑똑하니까 잘할기다."

그날 저녁, 다이어리를 펼쳤다. 집에 있는 오래된 볼펜으로 그 위에 꾹꾹 눌러 썼다.

2017년 7월, 지금부터 10년간 하고 싶은 것, 재밌겠는 것 다 해보자. 그리고 35살, 2027년 8월에 평가해 보기로. 계속 이렇게 살아도 될지. 답이 없다는 결론이 나면 그때부턴 하기 싫어도, 재미없어도 그게 무엇이든 잘 먹고살 수 있는 방향성을 찾아서 살자. 그때도 여전히 집도 절도 없으면 미련 없이 부산으로 내려가자.

모호하지만 확실한 삶의 계획을 세웠다. 10년은 더 내 마음대로 살아도 된다는 허락을 받았다. 그때 10년이 그렇게 길어 보였는데, 어느덧 1년 반 정도 남았다는 게 믿기지 않는다. 2027년 8월 나는 나에게 어떤 평가를 내릴까.

다음 아버지 생신날 10여 년 만에 편지를 썼다. 그 편지는 아직 아버지 방 한편에 스물한 살 나의 생일날 호텔에서 찍은 사진 액자 옆에 놓여 있다. 이제는 아버지에게 자주 편지를 쓰고 싶다.

소설 같은 이야기

어머니와 대판 싸운 다음 날 화해 비슷한 걸 하기 위해 전화를 했다. 어머니는 우리가 언제 그렇게 싸웠냐는 듯 평온하게 전화받았다. 아직 분이 덜 풀렸던 나는 다시 퉁명스럽게 말하기 시작했다. 없던 일처럼 치부하는 것도 짜증 난다며 쏘아붙였다. 어머니는 웃으며 어떻게 매번 모든 걸 마무리 지으면서 살겠냐고 다시 갈등을 조장하려는 나를 말렸다. 그러면서 올해는 딸들과 자주 싸우게 된다며 사이좋게 지내자고 제안했다. 맥이 빠져버렸지만 어머니 식의 미지근한 화해 제스처를 받아들이려고 했다. 뒤에 이어지는 이 말만 아니었다면.

"휘수야, 엄마 이다음에 이런 걸로 소설 써야겠다."

"뭔…. 나랑 싸운 걸로?"

"나이가 들어서도 딸이랑 싸우는 게 너무 재밌잖아."

"하나도 안 재밌음."

어머니 말처럼 그날의 싸움은 유쾌하게 마무리할 수 없었고 화해는 실패했다.

고레에다 히로카즈 감독의 영화를 좋아한다. 그

105

의 많은 작품이 다양한 어머니의 모습을 보여주기 때문이다. 한국의 헌신적인 어머니만을 미디어에서 보던 내게 고레에다 영화의 무심하고 특이한 어머니 캐릭터들은 큰 위로가 되었다. 예상할 수 있듯 나의 어머니와 닮은 점이 많다고 느꼈기 때문이다. 누군가에게는 '저런 엄마가 어디 있어.' 하게 되는 이상한 캐릭터 설정일 수 있지만 나에게만큼은 '우리 엄마 같은 사람이 또 있을 수도 있겠구나.'라는 생각이 들게 했다. 영화에서 보게 되는 특이한 엄마들이 결국은 자신의 방식으로 자식들을 사랑하고 있다는 걸 외부에서 객관적인 시선으로 보고 느낄 수 있었기에 더 그랬다.

어머니의 말을 듣고 생각난 영화는 〈파비안느에 관한 진실〉이다. 〈어느 가족〉으로 칸 영화제에서 황금종려상을 받은 이후에 고레에다 감독이 제작한 작품으로, 그의 영화 속 어머니 중 가장 강력한 캐릭터인 파비안느가 등장한다.

파비안느는 전설적인 여배우이자 뤼미르의 어머니다. 극중 파비안느의 회고록이 출간되고 이를 축하하기 위해 딸 뤼미르, 사위 그리고 손녀딸이 그녀를 찾아온다. 딸이 읽어본 회고록은 거짓으로 가득

했고 그에 대해 뤼미르는 파비안느에게 따지기 시작한다. 뤼미르 기억 속에 어머니는 단 한 번도 이런 적이 없었기에, 그 위선에 분노했다.

파비안느는 늘 오래된 관계 속에서 어려움을 느꼈고, 자신의 감정을 솔직하게 표현하지도 못한다. 갈등을 풀어나가는 방식도 그녀가 가장 익숙하고 잘하는 연기, 즉 예술의 형식을 빌린다. 그 외에는 모든 게 서툴렀기 때문이다. 영화 후반에 가면 파비안느가 뤼미르에게 진심으로 말하는 장면이 있는데 그걸 보며 드디어 뤼미르의 어린 시절부터 쌓여온 모녀의 갈등과 응어리가 풀어질 것으로 예상했다. 하지만 감독은 나의 기대를 철저히 저버리는데, 딸과 눈물의 포옹을 한 후 파비안느는 이렇게 말한다.

"내가 아까 연기를 이렇게 했어야 하는데…."

그때 뤼미르가 느꼈을 황당함, 섭섭함이 낯설지 않아서 이 장면을 몇 번이나 돌려봤다. 파비안느에게 예술이란 삶의 한 부분이 아니라 전부, 그 이상인 듯 보였다. 나와의 갈등과 화해 과정을 소설에 쓰겠다는 어머니와 겹쳐 보였다.

소설 수업을 들었던 건 나를 위한 일이기도 했지

만, 어머니를 이해하고 싶은 마음에서였다. 내가 쓴 두 편의 단편소설에 모두 어머니 캐릭터가 등장하니 말이다. 설정이 과장되고 현실과 동떨어져 있지만 소설 속의 어머니가 하는 대사, 행동은 그대로 빌려온 것도 많았다. 내 첫 소설을 읽어본 어머니는 이건 소설이 아니라고 하기도 했다. 나는 인정하지 않았다. 이런 것도 소설이라며 구조주의적인 사고로만 판단하지 말라고 받아쳤다(어머니 수업에서 들었던 내용을 빌려와 말했다). 소설은 진짜가 아니라며 엄마는 안타까운 표정으로 바라봤다. 누가 진짜래? 엄마랑 완전히 다르잖아. 여기 나오는 인물. 어머니는 혀를 차며 소설을 내려놓았다.

소설 수업은 나에게 다른 변화도 가져왔다. 흥미로운 사람, 사건, 이야기를 들을 때마다 소설의 줄거리를 구상하게 했다. 이야기를 만들며 치유를 경험했기에 가슴 아픈 일이 있을 때도 플롯을 짜는 버릇도 생겼다. 부지런하지 못해 실제로 마무리한 작품은 이후에 없으나 몇 줄 적어보면서 소설의 마무리를 상상하는 일이 일종의 놀이같이 내 안에 자리 잡았다. 이렇게 나는 또 어머니를 이해했다. 나와의 일을 소설로 쓰겠다는 건 그만큼 어머니의 인생에 영향을 주는 사건이었다는 걸, 표현이 서툰 사람의 자기 치유이자 사랑이었다는 걸.

그대로 받아들이기 버거운 현실도 소설 같은 이야기라고 하면 한층 가볍게 삶을 이어나갈 수 있지 않을까. 오늘도 소설같이 하루를 버텨낸다.

다정한 우정 1:
나의 선경

휴대전화가 울렸다.

나의 선경

오랜만에 연락을 해온 친구의 전화였다. 칵테일
바에서 일하고 있을 때라 옆에서 슬쩍 화면을 본 사
장님은 한마디했다.

"나의 선경? 애인이냐?"

"친한 친구요."

선경아! 하며 반갑게 바 주방에서 전화를 받았다.
선경이는 친한 친구 중 한 명이다. 내가 친구와 어떻
게 관계를 맺어야 하는지 알려준 사람. 1년에 고작
한두 번 보고 연락도 딱 그만큼만 하지만 선경이는
'우리'가 아니 '나의' 선경이다.

선경이와는 고2 때 같은 반이 되었다. 나는 학생
회장을 하기 위해 고1 때부터 온갖 노력을 했고 학
교 안의 모두와 반갑게 인사하며 지냈다. 모두와 인
사하지만 친한 친구는 딱히 없는 인싸의 탈을 쓴 아
싸였다. 출신 중학교에서 멀리 떨어진 곳으로 고등
학교를 진학해 아는 사람이 단 한 명도 없던 것도 한
몫했다. 전교생 앞에 나설 자리만 있으면 나대길 좋

아했지만, 평소에는 혼자 있는 일도 많았다. 그런 나를 가만히 관찰하던 게 선경이었다. 선경이는 고1 때 내가 정말 별로였다고 한다. 왠지 모르게 과장된 몸짓과 표정 때문에 부담스럽게 느껴지기도 했다고. 그런데 가까이서 보니 괜찮은 사람 같아 보였단다(약간 측은하기도 했고). 난 처음부터 선경이가 왠지 멋있었다. 여고에서는 작은 키가 아닌 나보다도 5cm는 큰 키에 말랐지만 다부진 체격, 단정한 단발머리가 인상적이었다. 긴 눈매는 약간 차가워 보이긴 했지만 어른스러워 보이기도 해서 말을 붙이고 싶었다.

우리도 어떻게 친해졌는지는 여느 단짝들이 그러하듯 기억나지 않는다. 어느 순간 같이 밥을 먹었고 함께 등교하고 하교했다. 집에서 학교까지 걸어서 40~50분 거리였지만 운동을 해야겠다는 명목으로 우린 함께 걸어 다녔다. 등교할 때는 꼭 학교 앞 맘보슈퍼에 들러 삼각김밥과 레쓰비나 원두커피를 사서 교실로 들어왔다. 일종의 아침 일과였다. 야자가 유독 늦게 끝난 날엔 함께 버스를 타고 하교했다.

부산진역 7번 출구에서 나와서 부산일보 건물을 끼고 왼쪽으로 들어서면 정면에 학교 가는 길이

직선으로 뻗어 있다. 500m 남짓한 길을 걸으면 학교 정문이 보였다. 우리는 아침 7시 30분쯤 부산일보 건물 골목으로 진입했는데 늘 비슷한 시각에 부산진역 7번 출구에서 나오는 수학 선생님이 계셨다. 우리 학년에도 가끔 수업을 들어오시는 분이었다. 인사성이 바르기로 소문난 듀오였기에 인사를 드리려고 항상 시도했지만, 헤드폰을 끼고 빠른 걸음을 옮기는 선생님에게 인사하지 못하는 경우도 허다했다. 앞서 말했듯이 선경이와 나는 키가 큰 편이고 걸음도 빨랐는데, 우리가 앞서 걷고 있어도 선생님이 추월하실 때가 많았다. 압도적으로 빠른 걸음, 곧은 자세, 다부진 몸, 빠지지 않는 헤드폰을 한 뒷모습을 뒤에서 볼 때마다 나는 자주 감탄했다.

"샘 진짜 빠르다…."

"왠지 샘보다 빨리 걸으면 안 될 거 같지?"

선경이가 특유의 손톱달 같은 눈웃음을 지으며 농담했다.

"어어. 도전으로 받아들이실 거 같은데. 근데 샘 운동을 하시나?"

"하실 거 같아. 몸이 단단한 게 느껴져."

선생님을 본받자고 함께 다짐했다. 그때의 다짐

때문에 지금 운동을 이렇게 하는지도 모르겠다. 우리는 야자 쉬는 시간이나 석식 시간에 학교 건물을 돌며 산책하길 좋아했다. 불안한 미래나 입시에 관한 이야기를 나누는 일은 적었다. 대신 달이나 구름 이야기, 나중에 함께 가면 좋을 여행에 대해 이야기했다. 옆에서 우리 대화를 듣던 한 친구는 이렇게 말했다.

"너네를 보면 여고생 보고 왜 감수성이 풍부하다고 하는지 알겠다."

"니도 여고생이잖아."

"근데 나는 하늘, 구름, 달 이야기를 그렇게 좋아하지 않거든."

"그것만 감수성이 뭐."

민망한 마음에 툭 던지듯 받아친 말이지만 오래도록 그 장면을 기억한다. 아마 당시에 그 친구의 말에 나도 깊게 동감했을 거다. 나의 여고 시절은 그렇게 선경이로 채워졌다.

수능 일주일 전 대학 합격 발표가 났다. 최저 성적을 맞추지 않아도 되는 수시 전형이었다. 당시 내 합격 소식은 학교에서 담임 선생님과 선경이에게만 알렸다. 수능이 끝나고도 미술 입시를 이듬해 2월까지 해야 하는 선경이에게도 말할지 말지 고민했었다. 고민이 무색하게 선경이는 내 합격 소식에 눈물을 흘렸다. 진심으로 축하해 줬다.

이미 한 학교에 합격한 상태였지만 수능은 볼 생각이었다. 다른 학교들의 수능 최저 성적을 맞춰보려는 것도 있었지만 그것보다는 수능이 다가올수록 컨디션이 나빠지는 선경이를 보조하고 싶었다.

수능 전날이 되자 더 힘이 빠져 보이는 선경이를 데리고 내과에 갔다. 영양제를 맞기로 했다. 별로 내키지 않아 보였던 선경이를 굳이 병원 침대에 눕히고 함께 링거가 들어가는 걸 지켜봤다. 이 상황이 민망했던지 선경이는 또 농담을 던졌다.

"공부도 못하는 것들이 완전 유난이라고 생각하겠다."

"왜? 이마에 성적 쓰여 있는 것도 아니고. 그리고 니 내일 잘 볼 거다."

수능 당일날 뉴스에서 신기하게만 보였던 응원을 받으며 고사장으로 들어갔다. 나보다 일찍 와 있는 선경이를 찾아가 인사했다.

"파이팅! 할 수 있다."

1교시 언어, 2교시 수리 시험을 치르고 점심시간이 되었다. 나는 다시 선경이가 앉아 있는 반으로 도시락을 싸 들고 찾아갔다. 아침보다 배로 지쳐 있는 선경이가 있었다. 도시락을 주섬주섬 꺼냈는데 선경이는 계속 배가 아프다고 했다. 그래도 3교시 외국어는 네가 특히 집중해야 하는 과목이라며 먹어 보라 했지만 끝내 먹이지 못했다. 선경이가 몇 입 먹지도 못하고 남긴 도시락은 또 눈치 없이 내가 싹싹 비웠다. 그를 보조하고자 갔지만 전혀 도움이 되지 못했다.

수능이 끝나고 선경이 아버지 차를 얻어 타고 집으로 향했다. "어땠노?" 무심한 듯 물어보는 선경이 아버지의 기대 섞인 물음에 나는 바로 "저 완전히 망친 거 같은데요." 했다. 표정이 좋지 않던 선경이는 "모르겠다." 했다.

"수고했다."

선경이 아버지의 격려를 끝으로 차 안은 고요해졌다. 정시에 집중하던 선경이는 나와 짊어진 무게가 달랐다. 지금 내가 하는 말은 어떤 것이든 의미 없을 거 같아 드물게 조용한 채로 집까지 향했다.

집에 도착해 아버지에게 같은 질문을 받았다.

"어땠노?"

그제야 솔직하게 말했다.

"아빠, 내 수리 칠 때 졸았는데 영어 칠 때는 거의 잤다. 아니 왜 그랬냐면 언어를 망쳤거든. 마킹을 잘 못한 거야. 와… 그러니까 수리부터 딱 하기 싫대? 수능 전에 합격 발표 난 게 좋지만은 않은 거 같다. 이 믿을 구석이 있으니까, 사람이 독기가 없어져. 아 근데 그래도 과탐은 좀 열심히 한 거 같음."

"니 거 안 붙었으면 어쩔 뻔했노. 아까 아침에 수능장에도 그 많은 애 중에 니만 웃으면서 들어가더라. 헤벌레해 가지고. 뭐가 그래 좋노. 다른 애들이 싫어한다."

"아 맞나? 웃는지도 몰랐다. 수능 응원하는 거 신기해서 그랬을걸."

"선경이는? 잘 봤다나?"

"몰라. 표정이 안 좋아서 가만히 있었다."

수능을 치고 난 후 선경이는 미술 입시를 준비했고 내가 가장 널널한 시기에 선경이는 가장 바쁘고 치열한 시기를 보냈다. 연락이 잘되지 않았고, 얼굴을 보기도 힘들었다. 단짝이 없어진 나는 웹툰만 주야장천 봤다. 운전면허를 함께 따자고 했었는데 선경이 없이는 하고 싶지 않았다. 아빠가 지금 안 따면 못 딴다며 으름장을 놓았지만 들은 체도 안 했다(그렇게 정말 못 딸 뻔하다가 스물여덟 살에 겨우 땄다). 선경이의 소식이 궁금했지만, 수능 날처럼 별 도움이 되지 않을 거 같아 먼저 연락을 해오길 기다렸다.

선경이를 다시 만난 건 미대 입시 시험도 다 끝난 2월이었다. 잘 지냈냐며 늘 그랬듯 포옹했다. 안 그래도 말랐던 선경이는 더 야위어 있었다. 해야 할 일들을 모두 끝낸 후련함 때문인지 얼굴만큼은 밝아 보였다. 우린 그날 같이 서울에서 대학을 다니면 얼마나 좋을지에 대해 꽤 오래 대화를 나눴다. 그리고 말하는 대로 될 것이라, 그게 우리의 대학 생활이라 굳게 믿었다. 여러 상황을 봤을 때 선경이가 서울로 대학을 오지 못할 이유는 없었다. 하지만 선경이는 부산에 있는 대학을 가기로 했다. 서울로 올 수도 있었지만, 부산의 대학에서 장학금을 받으며 다닐 거라고 했다. 그게 부모님에게 부담도 덜 할 거라며 말을 이었다.

이해가 되지 않았다. 굳이 왜 저런 선택을 했을까 의문이었다. 그뿐만 아니라 우리가 각자 서울과 부산으로 떨어져야 하는 게 많이 서운했다. 새로운 삶에 대한 기대도 충만했지만 불안함도 컸기에 선경이의 결정은 스무 살인 나에게는 퍽 충격적이었다.

"너는 진짜 너무… 정말… 효녀야. 다 짊어지려고 하지 마."

섭섭함을 숨기려고 했으나 실패했다. 눈물로 나의 대학 합격을 축하해 준 선경이에게 볼멘소리를 했다. 그러고 나서 그의 결정을 응원하고 축하했다. 순서가 틀렸다고 생각했지만, 여전히 속상한 결정이었고 애정하는 만큼 솔직한 마음은 삐져나왔다. 하지만 그 결정이 선경이보다 아쉬운 사람이 있었을까. 그때의 마음을 서른이 넘어서야 헤아려 본다.

서울로 가기 전날, 영영 못 볼 거같이 작별 인사를 했다. 계속 눈가가 촉촉한 채로 시간을 보냈다. 마지막 인사로 포옹하고 가려는데 선경이가 한 뼘 정도의 정방형 노트를 건넸다. 노트는 꽤 두꺼웠다. 이게 뭐냐고 묻는 얼굴로 쳐다보자 편지라고 했다. 100페이지 정도의 노트는 선경이의 글과 그림으로 가득 차 있었다. 등교 시간에 나눈 꿈들, 학교 정원에서 본 하늘과 구름 그리고 달, 함께한 여행들, 가장 사랑하는 책의 문장들, 함께 본 삽화들. 편지를 생애 처음 받아본 것처럼 기뻤다. 너무 기쁘니 말도 쉽게 나오지 않았다.

"이… 이걸 또 언제…."

"입학 선물로 주려고 수능 끝나고부터 그렸다."

서울행 KTX를 타고서도 읽고 또 읽었다. 내가 받아도 되는 건지 알 수 없는 마음을 받은 것 같았다. 대학 시절 혼자라고 느낄 때마다 그 수첩을 열어봤다. 크리스천의 침대 옆 협탁 위 성경처럼, 내 머리맡에 두고 살았다. 우린 서로에게 늘 사랑한다는 말을 아끼지 않았다. 잘 가, 내일 봐. 흔한 인사 뒤에도 '사랑해'가 붙었다. '사랑하는 휘수에게'로 시작하는 수첩은 사랑이라는 말이 없어도 모든 페이지에서 사랑이 느껴졌다.

우리의 20대에는 서로가 성장하는 모습을 보지 못했다. 명절에 만나면 어느새 훌쩍 키가 커버린 조카처럼 우린 자라 있었고 달라져 있었다. 여전히 모범생이고 좋은 성적을 받는 선경이와 학사경고만 겨우 면하면서 춤을 추는 내가 있었다. 하지만 전화 한 통에 못 본 세월이 무색해지곤 했다. 마음은 고등학생 시절과 같았다. 오히려 더 커졌다. 나이가 더 들고 새롭게 알게 된 것도 있다. 어른스러워 보였던 선경이는 여린 면이 많고, 물러 터져 보이던 나는 생각보다 강단 있다는 것이다. 고등학교 시절 내내 나의 이야기를 들어주고 감싸주던 선경이었는데 요즘엔 보통 선경이의 이야기를 내가 듣는다. 그가 여려서 결정하지 못하는 것들에 강하게 조언하기도 하고 위로하기도 한다. 나와 만나고 나면 선경이는 오늘도 자기 이야기만 했다며 미안한 내색을 한다. 그럴 때면 이런 말로 내 마음을 전한다. "니 이야기 들으러 온 거다. 미안해하지 마라."

많이 상처받고 외로웠던 고등학교 시절 내 이야기를 들어주던, 사랑한다는 말을 인사로 나누던, 사랑을 주는 법을 알려준 선경이가 없었더라면 지금의 '나'란 사람은 없다. 그것만으로도 나는 평생 큰 빚을 지고 있다고 여긴다. 그렇기에 선경이의 이야기를 듣는 건 평생 얼마든지 할 수 있다. 고민하고 앓고 앓은 속에서 사리가 되어서야 그의 입 밖으로 나온 말인 줄 알기에 더욱 그렇다.

이토록 다정한 우정을 나눌 수 있는 존재에 감사하다.

손절당할 각오

친한 동생을 혼냈다. 혼냈다는 표현이 이상하지만 진짜 혼냈다. 젊은 꼰대의 오지랖이 어떻게 받아들여질지 몰라 동생을 다신 못 볼 각오로 가서 말했다.

"너 그렇게 살면 안 돼. 더 나이 들면 아무도 말 안 해줘. 그냥 너만 이상한 사람 되는 거야."

무서운 건지, 속상한 건지 알 수 없는 눈물이 났다.

그런 내게 동생이 말했다.

"말해줘서 고마워."

다행히 우리는 아직 잘 지낸다. 그 후로 나는 몇 번 더 그를 혼냈다. 그때마다 손절당할 각오를 했다.

사랑과 재즈

사랑을 정의하려는 시도는 유구한 역사를 가진다. 한 형태로 정의하거나 범주화하려는 것은 오히려 사랑의 본질과는 맞지 않다. 끊임없이 변하고 왜곡되는 그 속성을 아끼고 지키는 게 사랑이다. 사랑의 냄새, 소리, 질감, 온도, 맛을 어떻게 고작 언어로 정의하겠는가.

1976년 그래미 어워드에서 멜 토메가 엘라 피츠제럴드에게 재즈를 어떻게 설명해야 하냐고 물었다. 그들은 질문의 답을 스캣scat 무대로 대신한다. 아티스트의 인생을 연주하는 음악, 같은 악보를 보고도 다른 소리를 만들어내는 재즈처럼, 사랑은 하는 것이다.

사랑이 무엇인가?

사랑으로 답할 차례다.

아무튼 언니

언니의 집합 명령에는 온 가족이 응한다.

- ○월 ○일 ○○시 광화문 고깃집. 엄마 생일 파티할 건데 다들 시간 되나?
- ○월 ○일부터 ○월 ○일까지 코타키나발루 가족 여행, 비행기 값은 내가 낸다. 여행비 ○○만 원씩, 시간 내서 갈 수 있는 사람?

결혼한 언니가 이렇게까지 친정 식구를 모으는 게 특이하다고 생각한 건 내가 서른이 넘어서다. 언니는 내가 아는 어떤 사람보다 가족적이다.

나보다 다섯 살이 많은 언니는 부모님보단 작지만 굳이 따지자면 어른에 가까웠다(중학교 3학년 때부터 키가 170이었으니 실제로 크기도 했다). 뭐든 하고 싶은 게 있으면 거침없이 해내는 자유로운 사람이었으니까. 그가 중학교를 졸업하기 전 방학이었다. 귀를 뚫고 나타나 아버지에게 혼났고, 귀를 막아놨더니 코를 뚫고 와서 집안이 뒤집어졌고, 코를 막아놨더니 머리를 탈색하고 온 언니는 어머니, 아버지의 단단한 세계에 잇달아 균열을 내는 존재였다. 우저를 키우던 마당 있는 주택에 살 땐 담도 곧잘 넘어 다녔다. 밤에 담을 넘다가 아버지와 마주쳤던 사건은 오래도록 우리 집 추억거리였다. 언니가 담을 넘었다는 말을 듣고 나도 넘어본 적이 있는데 그때부턴 현관 열쇠를 두고 온 날이면 담을 넘어 집에 들어갔다.

언니가 고등학생으로 올라가던 해에 어머니와 언니는 분주하게 서울을 오갔다. 언니가 호주로 유학 간다는 말을 들은 건 그로부터 얼마 후였다. 좋은 기회가 생겨 유학을 결정했다는 것이다. 유학을 가는 건 먼 이야기인줄만 알았는데 그 주인공이 우리 언니라는 게 멋있었다. 언니는 나와 너무 다른 사람이었다. 원피스를 좋아하는 언니와 곧 죽어도 청바지를 입던 나는 서로의 옷장에 관심 없었고 그래서 자매들에게는 흔하다는 옷을 가지고 싸우는 일도 없었다. 그것과는 별개로 언니는 항상 나의 동경의 대상이었다. 귀와 코를 뚫어도 탈색을 해도 당당한 배짱과 늘 상위권 성적을 유지하는 악바리 근성이 부러웠다.

호주 유학 날, 출국하는 언니의 모습은 흡사 프랑스 배우 같았다. 짧은 숏컷을 붉은색으로 염색하고 청색 코트를 걸치고 이민 가방 두 개를 어머니와 함께 옮기고 있었다. 그전까지 긴 머리를 유지하던 언니가 숏컷을 한 건 출국 몇 달 전 친구 집에서 하고 온 탈색 때문에 머리카락이 다 끊어져서 그랬다는 사실은 10년 뒤에나 알게 되었다.

언니가 호주의 명문 고등학교에 입학하고 이후에 원하던 대학에도 갔다는 소식은 그렇게 놀랍지 않았다. 잘할 것이 당연한 언니였기 때문에. 1~2년에 한 번씩 한국에 들어오긴 했지만 점점 내가 알던 언니의 모습에서 멀어졌다. 교포 같기도 하고 외국인 같기도 한 사람으로 변해갔다. 한국 집에 와서도 가끔 호주 친구들과 통화하는 모습은 신기하기도 하고 낯설었다. 그렇게 언니는 언니의 세상에서 나는 나의 세상에서 나이를 먹어갔다.

*

대학 졸업식 날 부산에 와 있을 때였다. 언니는 결혼을 앞두고 있었고 그날은 둘이서 술을 마셨다. 동네 치킨집에서 맥주와 소주를 시켰다. 혹시 서로 술을 따라주는 이런 귀찮은 거 안 해도 되겠냐고 알아서 취향대로 마시자며 각 한 병씩을 앞에 두고 술자리가 시작되었다.

"내가 호주에서 뭐가 제일 부러웠는 줄 아나? 무슨 날만 되면 가족들이 모여서 파티하는 거."

언니가 졸업한 고등학교는 교복, 생활복, 소풍 갈 때 입는 옷, 모자 등이 다 정해져 있는 복식이 대단히 격식 있는 곳이다. 그리고 학생 전원이 기숙 생활을 한다. 어머니는 우리 딸이 귀족 학교를 졸업했다며 아직도 기뻐하실 정도다. 호주에서도 있는 집 자식들이 오고, 유학생들의 집안 재력 수준은 상상 이상일 때가 많다고 했다. 언니의 호주 친구들 중에서도 부자가 많다. 얘기로만 들어본 그런 엄청난 부자들. 그때는 한국이 세계에서 지금처럼 유명하진 않을 때였고 학교 친구들은 당연히 언니가 한국의 재벌 딸인 줄 알았다(누군가는 한국의 공주라고 알기도 했다). 당연히 우리 집은 평범했지만 언니는 굳이 그 소문을 정정하지 않았다.

집안의 빈부격차가 티가 나는 건 휴일이었다. 주말이 되면 기숙사는 텅 비었고 그 속에는 언니만 남아 있는 날도 많았다. 방학 때면 다들 본국으로 돌아가 쉬고 오는데 매번 한국으로 들어오기에는 비행기 값이 부담되었던 언니는 방학이 되면 호주의 친

구 집이나 홈스테이에 묵었다. 다른 가족의 파티에
끼여서 식사할 때마다 가족이 그리웠다고 했다. 화
려한 파티를 좋아하는 줄만 알았던 언니가 가족에
대한 그리움을 이야기하니 적잖이 당황스러웠다.
그리고 돈을 펑펑 쓰고 온 게 아니라 고생한 이야기
를 들으니 안쓰럽기도 하면서 흥미로웠다. 언니는
그 고등학교에서 역사상 유일하게 졸업하면서 교복
을 중고로 팔았던 학생이었다.

"거기는 무슨 소풍 갈 때 쓰는 밀짚모자 이런 것도
교복이거든. 그거 새로 사려면 다 얼만 줄 아나? 다
팔았지. 졸업할 때."

"근데 팔리더나? 거기 애들 다 부자라매."

"지들이 부자가? 엄마 아빠가 부자지. 좋다고 사
가지 다. 내가 한국에서 들고 간 자켓, 원피스, 목걸
이도 다 팔았음."

"근데 왜 팔았어? 아깝다. 기념으로 가지고 있지."

"돈이 없으니까 팔았지."

그땐 필요한 순간 바로바로 해외에서 가족과 연
락하는 게 쉽지 않았다. 모든 게 기다림의 연속이었
고 언니는 혼자 덩그러니 호주 대륙에 남겨졌다고
느낄 때가 많았을 것이다. 고작 서울에 있다고 유세

를 부리는 동생에게, 대학을 졸업하고도 돈이 없을 때마다 아버지에게 전화를 하는 동생에게 언니가 말했다.

"네가 아무리 바빠도 부산 오는데 뭐 열 시간이 걸리냐 100만 원이 드냐. 가족들을 좀 챙겨. 그리고 아빠도 자기 생활이 있지. 맨날 천날 돈 달라고 하면 어떡하노. 아빠가 화수분이가?"

언니의 대학 전공은 영화였다. 영화 감독을 꿈꾸며 대학에 입학했지만 돈을 벌면서 공부하는 건 특히 유학생에게 더 어려운 일이었다. 주말이면 파티에 가거나 공부하는 친구들을 뒤로 하고 서너 개의 아르바이트를 했던 언니는 본인도 공부만 하고 싶었다. 그럴 수 있다면 뭐든 할 수 있을 거 같았다.

그렇게 고된 대학 생활을 지나고 언니에게 예술은 배부른 것이 되었다. 언니는 자주 예술을 깎아내렸다. 아직도 춤을 붙잡고 예술을 하고 싶어 하는 동생을 꾸짖고 싶어 안달이 난 사람 같았다. 미처 알지 못했다. 예술을 많이 사랑한 만큼 상처받은 예술 학도였다는 걸. 아직도 언니는 영화를 잘 보지 않는다. 영화관은 평범한 데이트를 할 때도 잘 가지 않았다. 언니가 얼마나 영화를 사랑했는지 가늠할 수도 없었다. 그가 자라온 세상을 들여다보는 건 왠지 가슴 아픈 일이었다.

"예술 좋지. 그런데 하나 알아야 될 건 니를 이제 받쳐줄 사람이 없다. 니도 어른이잖아."

이날의 대화를 출가외인의 마지막 조언쯤으로 여긴 나는 역시 언니의 그릇을 몰라본 소인이었다. 언니는 결혼 후에 더 활발하게 가족을 불러 모았다. 대소사를 먼저 챙기는 것도 언니였고 돈 없는 대학원생, 대학생인 동생 두 명의 몫을 책임지는 것도 늘 언니였다. 여기에는 언니가 철저하게 지켜내는 본인의 커리어와 경제적 능력 덕도 있지만 모든 걸 다 정하게 동행해 주는 형부의 덕도 있었다. 그렇다 보니 말 많기로 유명한 우리 가족 구성원 모두는 언니의 부름에는 군말 없이 참석한다.

조카가 태어나고 예전만큼 그 모임이 활발하진 않지만 이제 배울 만큼 배웠다. 가족적인 게 어떤 건지. 그에 따르는 책임과 노력이 얼마나 큰 것인지. 만나면 싸우기도 하고 피곤한 가족 모임. 그 삐걱거림 속에서도 곧 이 순간이 추억이며 자산이 될 거란 걸 경험적으로 알고 있다.

어떻게 내 사랑을 표현해야 할지

죽으면 먼저 떠난 반려견이 마중 나와 있다는 동화 같은 이야기를 좋아한다.

내가 가장 먼저 보낸 반려견은 찰스다. 털이 길고 윤기가 나는 콜리종이었다. 만난 지 2년 만에 찰스를 떠나보낸 건 가족 모두에게 충격이었고 우리는 몇 주 내내 슬퍼했다. 부모님은 강아지를 키우기 시작한 걸 후회하시는 듯했다. 동생과 나는 찰스 사진을 보면서 하염없이 울기만 했다. 계속 힘들어하던 우리를 보며 부모님은 다시 강아지를 데려오기로 했다. 이번에는 오랫동안 잘 키워보자고. 그렇게 두 번째로 도톰한 앞발을 가진, 눈을 잘 뜨지도 못하는 새끼 슈나우저 두 마리를 만났다. 암컷은 슈나, 수컷은 우저라고 이름을 지었다. 둘이 함께 크면 외롭지도 않고 체구도 작으니 잘 키울 수 있을 것 같았다. 찰스에 비하면 인형 같은 아이들이었다.

슈나와 우저를 데리고 동물병원에 갔을 때 수의사가 둘의 이름을 물었다. 암컷은 슈나, 수컷은 우저라고 대답했다. 수의사는 이름을 듣고 당황한 기색이 역력했다. 아… 이름이? 이름을 너무 대충 지었다고 속으로 생각하는 게 들리는 듯했다.

"슈나우저 종을 줄여서 슈나라고 부르기도 하는

데 이름이 슈나인 슈나는 처음 보긴 하네요."

그는 친절한 미소를 지으며 덧붙였다. 왠지 부끄러운 마음이 들어 슈나 등을 괜히 쓸어내렸다. 슈나라는 이름이 잘 어울렸을 뿐인데….

슈나와 우저가 집에 온 지 한 달이 채 안 되었을 때 복실이가 집으로 왔다. 복실이는 시골에서 태어난 믹스견이었다. 얼핏 보면 진돗개 같았던 슈나와 우저보단 통통한 몸집이 귀여운 아이였다. 아버지의 친구가 제발 데려가 달라고 해 우리 집까지 오게 됐다. 순식간에 개판이 되어버린 집에는 활기가 가득했다. 세 명의 동생이 생긴 기분이었다. 작은 마당이었지만 나와 슈나, 우저, 복실이는 그보다 더 작았고 함께 뛰어놀기엔 충분했다. 학교가 끝나고 대문을 여는 순간을 언제나 기다렸다. 그 순간을 위해 등교를 하는 것 같기도 했다.

그런데 이것도 잠시였다. 세 아이들이 다 크기도 전에 슬픈 일이 또 생겨버렸다. 생명을 키우는 일은 복잡하고 시간이 많이 들며 세심해야 하는데 그걸 너무 늦게 알았다. 복실이는 예방 접종을 잘 받지 못했다. 당시에 데려온 아버지를 비롯한 우리 가족은 전혀 이 사실을 몰랐다. 생각조차 하지 못했다. 어느 날 복실이는 딸꾹질을 멈추지 못했고 혈변을 보기 시작했다. 주말이라 문 연 병원이 없어 월요일까지 기다려야만 했는데, 그 사이 복실이 몸은 심하게 떨리기까지 했다. 월요일이 되자 어머니는 복실이를 데리고 병원으로 향했고 나는 마법처럼 건강해져 있는 복실이를 기대하며 등교했다. 하루 종일 복실이만 생각하며 학교 종이 울리길 기다렸다.

학교에서 달려와 떨리는 마음으로 대문을 열었다. 그날따라 아무도 날 마중 나오지 않았다. 놀라서 신발을 거의 던지며 현관으로 들어섰는데도 복실이는 보이지 않았다. 손에 땀이 나는 걸 바지에 급하게 닦으며 어머니에게 전화했다.

"엄마!! 복실이는!! 다 나았어?"

"복실이 안 아프게 하늘나라로 보내주고 왔어."

다리에 힘이 풀리고 전속력으로 달린 탓에 이마에 맺혀 있던 땀이 서늘하게 식었다. "왜!!"라고 울부짖으며 주저앉아 한참 복실이가 덮고 있던 담요를 만졌다. 동물병원에서는 복실이의 상태를 확인하고선 조치하기엔 늦었다고, 시간이 얼마 남지 않았다고 했단다. 그리고 지금 복실이가 아주 많이 고통스러울 거라고도 하며 안락사를 권했다고 했다. 눈도 잘 못 뜨고 심해진 경련 탓에 몸이 딱딱하게 굳어가기까지 하는 복실이를 편하게 보내주는 게 어머니가 할 수 있는 유일한 선택이었을 것이다. 어머니는 복실이가 편안해질 때까지 곁에서 쓰다듬었다고 했다. 지난밤 동안 낑낑대던 소리가 마지막으로 들은 복실이의 목소리였다.

내가 가장 미안한 건 가끔 복실이 얼굴이 가물가물하다는 것이다. 좀 더 봐둘걸. 그때 아플 때 병원에 좀 더 일찍 데려갈걸. 한 번이라도 더 안아줄걸. 내가 죽었을 때 복실이는 날 마중 나와줄까? 기억 못 하면 어떡하지. 다시 만났을 땐 의젓하게 커 있었으면 좋겠다. 내 품에 폭 안길 때 하늘나라로 갔으니까. 거기서 조금이라도 더 크면 좋겠다.

복실이가 떠나고 몇 달 후였다. 이름을 슈나라고 지어서일까. 이름이 마음에 안 들었을까. 슈나는 집을 나갔다. 마당에 나가고 싶어 하는 슈나와 우저를 내보내놓고 화장실을 갔다가 마당으로 나가니 혼자 덩그러니 앉아 있는 우저와 활짝 열린 대문이 보였다. 그날 동생과 함께 짜장면 배달을 시켰고 배달 기사님이 나가면서 대문을 끝까지 닫지 않은 듯했다.

정말 잠시였는데. 길어 봐야 2분 정도 마당에 둘만 뒀는데. 그렇게 슈나는 사라졌다. 슈나를 찾기 위해 몇 날 며칠을 돌아다니고 전단지도 붙였다. 개소주 집 앞에서 전단지를 들고 펑펑 울었다. 주인 아저씨가 호통치며 내쫓을 때까지 개소주를 누가 먹냐며 소리내 울었다. 끝내 슈나는 돌아오지 않았다.

덩그러니 남겨진 슈나와 복실이 집 옆에 우저가 있었다. 애교쟁이였던 슈나, 활달했던 복실이에 비해 우직했던 우저는 가족들 사이에서 제일 예쁨을 덜 받던 아이였다. "일로 와!" 하고 불러도 잘 오지 않았기에 서운함 섞인 볼멘소리도 많이 들었다. "개 맞어? 왜 저렇게 무뚝뚝해." 우저는 얌전했고 듬직했다. 둘을 떠나 보낸 나의 슬픔과 미안함을 들어주고 위로해 줬다. 동생이지만 의지가 많이 되는 존재였다. 우저의 굵은 앞발은 크면서 더 굵어졌고 나는 발을 만질 때마다 편안했다. 부모님이 늦게 들어오시는 날같이 무서울 때도 우저가 있기만 하면 괜찮았다. 우리는 같이 놀고 먹고 자고 울고 웃었다.

초등학생들에게 빨간 마스크 괴담이 사실처럼 번지던 시절, 빨간 마스크가 밤 여덟 시에 집에 들어와 강아지를 해친다는 말을 굳게 믿었던 나는 그 시간만 되면 우저를 데리고 나와 산책했다. 우저만큼은 끝까지 내가 지켜주고 싶었다.

여느 날처럼 여덟 시에 우저를 데리고 여기저기를 다니고 있는데 중년의 여성과 함께 산책 나온 슈나우저를 마주쳤다. 어두운 골목길 가로등 빛에 언뜻 비친 모습이 슈나 같았다. 우저는 꼬리를 흔들며 다가갔다. 거리가 가까워지자 '슈나 같다.'는 생각은 '슈나다.'로 바꼈다. 얇은 몸과 긴 다리, 꼬리의 모양이 정말 비슷했다. 미용을 다르게 하고 옷까지 입어서 긴가민가했지만 눈이 슈나와 똑 닮아 있었다. 슈나가 집을 나간 지 약 1년이 됐을 무렵이지만 내가 기억하는 슈나가 컸다면 이렇게 컸을 것만 같았다. 우저가 그렇게 반갑게 인사하는 것도 이상했다. 보통 다른 개에게 별 관심 없는 우저가 먼저 다가간 건 흔한 일이 아니었다.

"있잖아요. 이 강아지요. 이름이 뭐예요?"

"써니."

"아… 써니구나."

"써니야 가자." 하며 목줄을 고쳐 잡는 손짓에 따라 써니는 총총총 멀어졌다. 슈나였을지는 모르겠다. 만약 써니가 슈나였다고 해도 잡지 못했을 것이다. 슈나로 사는 것보다 써니로 사는 게 더 나아 보였으니까. 써니라는 이름이 더 잘 어울리는 것 같았다. 잘 살고 있어서 다행이네. 사실 써니가 그냥 슈나이길 바랐을 수도 있다. 그래야 슈나에게 덜 미안하니까. 집에 와서 슈나와 닮은 강아지를 만났다는 사실을 어머니께 전했다. 이미 어머니도 몇 차례 만난적 있는 강아지였다. 어머니는 왜인지 그 아이가 슈나라고 믿고 있었다. 하지만 세상사 다 인연이라며 그 집에서 클 운명이었을 거라 했다. 운명론자의 딸은 그 말을 또 철썩같이 믿었다.

슈나의 행복을 빌며 그 일은 기억에서 점점 잊혀갔다.

우저는 오래도록 우리와 함께였다. 작은 마당이 있던 집에서, 투룸 아파트, 원룸, 다시 마당이 있는 집 그리고 또 다시 빌라로 이사 갔을 때도 우저는 함께였다. 고3 시절 자기소개서(요즘엔 에세이라고 한다)를 쓸 때는 우저에게 읽어주기도 했다.

"이 말은 뺄까? 너무 부풀려 말하는 거 같재? 내 대학을 갈 수는 있는가 모르겠다."

초등학교 3학년 때부터 대학을 가기 전까지 부모님보다 더 가까이 내 성장 과정을 지켜본 건 우저였다. 불안할 때도 우저의 곱슬거리는 등을 쓸어내리면 마음이 안정되는 것만 같았다.

대학 입시 결과가 발표되고 스무 살이 되기 전 시간이 많아져 평소보다 우저를 자주 산책시켰다. 시장을 지나고 있는데 한 할머니께서 무심코 한마디 했다.

"내 살다 살다 이래 못생긴 개는 처음 보네. 아이고."

아래턱이 살짝 나와 부정교합이 있던 우저를 보고 하는 말이었다. 단 한 순간도 우저가 못났다고 생각해 보지 않아서 순간 내 주위에 다른 개가 지나가고 있는지 훑어봤다. 그 시장길 위에 개는 우저뿐이었다.

"왜요. 귀엽기만 하구먼은."

"자기 개는 다 그래 이쁘다드라."

웃긴 에피소드로 가족들에게 이 일을 전하기도 했지만 내심 우저가 들었을까 무서웠다. 우리 우저 예쁘기만 한데. 도톰한 등을 톡톡 치면서 말했다.

*

해가 바뀌고 나는 서울로 대학을 왔다. 서울에 와
서는 우저를 포함한 부산에서의 삶을 잊은 듯 살았
다. 신입생 자아에 너무 집중하느라 부산 집에 가서
는 우저를 잘 들여다보지도 않았다. 혼란의 대학교
1학년 생활을 마치고 2학년이 된 어느 봄이었다. 동
아리 후배와 연합 댄스 동아리 행사를 기획하는 기
획자와 함께 술을 마시고 있었다. 이른 오후부터 시
작된 술자리였고 나는 저녁 시간에 이미 취해 있었
다. 시간 가는 줄 모르고 술을 마시고 있는데 아버지
에게서 전화가 왔다.

무시했다.

다시 전화가 왔다.

한껏 귀찮은 표정을 하곤 밖으로 나가 전화를 받
았다.

"어, 아빠. 왜."

"우저가… 우저 있잖아…."

아버지는 울고 계셨다.

"우저 왜!!!"

우저는 그날 하늘나라로 갔다. 갑작스럽다고 말

할 수도 없었다. 이미 우저는 아팠다. 몇 주 전부터는 잘 걷지 못했고 밥도 잘 먹지 못했다. 우저의 상태를 일찍이 아버지에게 전해 들었는데 대수롭지 않게 넘겼다. 우저는 이틀 전에 동물병원에 입원했고 어제 대장 쪽의 암이라는 판정을 받고는 병원에서 길어야 일주일밖에 시간이 남지 않았다고 했단다. 그러고는 아버지와 통화하기 두 시간 전에 우저를 보내줘야 할 거 같다고 연락을 해와 아버지가 동물병원으로 간 것이다. 눈도 제대로 못 뜨고 혈변을 보던 우저는 아버지가 도착하자마자 비틀거리며 일어나 꼬리를 흔들었다고 한다. 아버지는 우저를 안아주고 쓰다듬다가 수의사의 권유대로 안락사를 진행했다.

"아빠 우저 어떻게 갔어? 그래도 마지막엔 안 아팠어?"

"아프지. 너무 아팠겠지. 미안하다 우저한테."

포차 앞 거리에서 주저앉아 울다가 나를 찾으러 온 일행과 함께 자리로 돌아갔다. 시답잖은 농담을 주고받던 술자리는 내 울음소리로 가득해졌다. 집으로 가는 길에 우저 사진을 찾으려 핸드폰을 뒤적거렸다. 몇 주 전 핸드폰을 잃어버렸던 터라 남아 있는 사진이 없었다. 그리워하며 닳도록 볼 사진도 없다는 사실이 나를 더 무너지게 했다. 집에 들어가지 못하고 골목길에서 새벽이 지나고 하늘이 푸르스름해질 때까지 우저를 불렀다.

우저에게 못해준 순간들만이 시간이 지날수록 선명해진다. 우저가 어떻게 신나게 뛰었는지 웃었는지, 그 기억은 옅어져 간다. 놀아달라며 무릎에 올라온 우저를 귀찮아하며 내렸고, 산책을 가고 싶어 낑낑거리던 목소리를 못 들은 척했다. 그래도 우저는 멍청할 정도로 착해서 나를 기다리고 있을 것이 분명하다. 그런 아이의 마지막을 나는 또 기억하지 못하고 의미 없는 후회만 10년 넘게 되풀이한다.

부정교합 때문에 사료를 다 흘리고 먹던, 물을 마시면 꼭 목까지 다 젖어버리던, 어릴 땐 검었던 등이 점점 하얗게 변하던 우저를 다시 볼 수 있다면 그럴 수 있는 거라면 사후세계를 믿을 수밖에 없다. 마중 나올 찰스, 복실이, 슈나, 우저에게 뭐라고 사과해야 할지, 어떻게 내 사랑을 다 표현할 수 있을지 아직 고민한다.

동거 프로포즈

서솔이 혼자 부동산에 가서 집을 여러 개 보고 온 날이었다. 솔의 표정은 물어보지 않아도 마음에 들지 않는 눈치였다. 보고 온 집 사진을 천천히 살펴보던 나는 물었다.

"너 이제 빌라보다는 좋은 집에 살고 싶은 게 아닐까?"

"그래도 현실적으로는 어렵지 않을까? 이제 이거보다 컨디션이 나아지려면 외곽이라도 아파트에 가야 하는데. 혼자 사는데 부담되기도 하고…."

"나랑 같이 집을 구해보면 어때? 대출도 그렇고 돈을 모으면 좀 더 나은 컨디션의 집으로 갈 수 있잖아."

서솔은 조금 당황했다. 생각해 보지 못한 제안인 듯했다. 나도 비슷한 시기에 더 나은 집으로 거주지를 옮기고자 마음먹었기 때문에 힘을 합쳐보자고 했다.

"지금 가지고 있는 돈으로 각자 집을 구하면 한계가 있잖아. 그러니까 같이 해봐도 좋을 거 같아."

물론 이 제안은 나에게 좀 더 유리한 조건이었다. 각자 집을 구한다면 이 서울 한복판에서 서솔의 집보다 나 혼자 살 집에서의 삶의 질이 현저히 낮을 게 분명했다. 하지만 그럼에도 나만을 위한 제안은 아니라고 확신했다. 나도 솔이도 더 이상 자취방을 전전하고 싶지 않은 나이가 되었기 때문이다. 한 번 더 동거인으로서 매력 발산을 시도했다.

"나 청소 잘해. 특히 대청소는 내 취미야."

솔과 공연을 준비하거나 함께 글을 쓸 때 나는 서솔의 집에 곧잘 가 며칠씩 숙박을 하기도 했다. 같이 보내는 시간도 물론 많았지만, 한 공간에서 따로 시간을 보내는 일도 많았다. 그 시간이 불편하지 않았고 서로가 조금이라도 거슬리지도 않았다. 함께 가는 여행에서도 모든 게 늘 순조로웠다. 그냥 며칠 시간을 보내는 것과 함께 사는 것은 다른 문제라고들 하지만, 서솔이 집을 구하는 때에 함께 집을 구해보는 건 어떻겠냐고 제안한 일은 원래 그러기로 계획한 것처럼 자연스러운 흐름이었다.

서솔의 바람은 하나였다. 볕이 잘 들고 햇빛에 빨래를 말릴 수 있는 집이면 좋겠다는 것. 나의 조건은 쓰리룸이어야 한다는 것이다. 그리고 방 하나는 반드시 서재로 만들고 싶다고 말했다. 부동산 앱과 네이버 부동산을 눈이 빠지게 찾아본 후 그 근처 동네

148

를 차로 돌며 사전 답사를 했다. 둘 다 시끄러운 동네는 피하자고 합의했기 때문에 주변 환경도 꽤 중요한 고려 요소였다.

지역을 추린 후에 발품을 팔기 시작했다. 그러다 목소리가 쩌렁쩌렁하고 도수가 높은 안경을 썼는데도 큰 눈이 돋보이는 부동산 사장님을 만났다. 가게 안에 들어가 이야기하는데 사장님은 우리 둘이 웃는 게 닮았다며 자매냐고 했다. 친구라고 하자 더 쩌렁쩌렁하게 웃으며 부러워하셨다. 어떻게 둘이 살 생각을 했냐면서. "집이 부자인가 봐?" 우스갯소리로 덧붙였지만 아마 진심이셨을 것이다. 결혼도 안 한 여자 두 명이 아파트를 보러 오다니 했을 것이다.

사장님은 이내 집을 보여주겠다며 나가서 물 흐르듯 내 차 뒷자리에 타셨다. "아, 제 차로 가요?" 했더니 "차 두 대로 가면 뭐해. 하나로 가자고." 하며 길을 안내하셨다. 굽이굽이 언덕길을 한참 올라갔더니 아파트 단지가 나왔다. 그중에서도 가장 꼭대기에 있는 동 앞에서 하차했다. 올라오는 길에 난 이미 '와 여기는 안 되겠다.'라고 마음을 결정한 상태였다.

사장님의 거침없는 진행에 떠밀려 아파트 엘리베이터에 탔다. 많고 많은 버튼 중에서도 제일 꼭대기

층의 버튼을 누르시는 걸 보고는 다시 한번 더 마음을 접었다. '이 산꼭대기에 최상층이라니. 홍수가 나도 잠기진 않겠네. 노아의 방주가 따로 없네.' 하며 속으로 혀를 찼다.

막상 실내로 들어가보니 생각보다 나쁘지 않았다. 낡긴 했지만, 깔끔한 도배 벽지, 젊은 부부와 노부부들이 많이 살고 있는 곳이라 그런지 조용하고 아늑했다. 그래도 위치가 살벌해 쉽게 마음이 돌아서진 않았다.

"일로 좀 와봐요, 아가씨들!!!"

집이 떠나가라 사장님이 우리를 불러 모으셨다. 베란다 앞의 창을 열더니 여기를 좀 보라는 것이다. 올라온 길만큼 멀리까지 내다보였다.

"여기가 정남향이야. 해가 뜨고 지는 게 다 보여. 해가 떠 있을 때는 볕이 안 드는 시간이 없다니까?"

볕이 드는 게 중요했던 서솔의 눈이 커졌다. 조용히 숨을 허업 하고 들이마셨다. 몇 년간 지켜본 바, 서솔이 흥미롭거나 흡족할 때 나오는 반응이다. '아 그래도 위치가…' 생각하는데 사장님이 덧붙였다.

"오르막길이 단점이 아니다? 오르고 내리기만 해도 운동이야. 그리고 아가씨들 차가 있는데 무슨 상관이야. 여기가 그리고 조용한 걸로는 아무 데도 못 따라와. 얼마 전까지 주인집 아들이 살아서 관리도 잘되어 있어요. 왔을 때 그대로라니까? 이 조건에 이 가격이면 내일 나가도 이상하지 않아요. 내가 딸 같아서 그러는데 여자 둘이 살기에 치안도 좋아요." 쉽게 넘어가고 싶지 않았던 나는 최대한 설득당하지 않으려 노력하며 예의 있게 사장님의 말을 들었다.

'아 그런 거 같기도.'

그러면서도 내심 마음이 기울고 있었는지도 모른다.

사장님을 다시 공인중개사 사무실로 태워다 드리고 우린 다른 지역으로 이동해 집을 더 둘러봤다. 하루 종일 집중하며 발품을 팔았더니 진이 빠져 서솔 집에서 라면을 끓였다. 신라면에 계란을 세 개나 풀어 후루룩 들이켜며 이제까지의 후보들에 관해 상의했다. 몇 마디 나누곤 알아챘다. 우리한테 그 '노아의 방주'가 최적이라고. 그깟 것 뭐 매일 등산한다고 생각하면서 살자며 의기를 투합했다.

쩌렁쩌렁한 목소리의 사장님은 계약 날에도 끊임없이 말씀하셨다.

"이 아가씨들이 자매가 아니래요~!! 호호호."

정작 집주인은 궁금하지 않아 보이는데 저번 만

남에서 알게 된 우리의 정보를 이것저것 분주하게 알렸다. 큰 계약을 하는 거라 약간 긴장했던 솔과 나는 편하게 웃지도 못하고 입꼬리만 슬슬 올려 흐흐흐 웃어 보였다.

이삿날에는 눈이 왔고 사장님은 '눈 오는 날 이사하면 잘 산대요. 잘 사시려고 하늘이 도와주네요!' 하고 문자를 보내왔다. 이삿짐센터에서 내 물건을 깨 먹고, 사다리차 문제로 바가지요금을 요구하기도 했지만 좋은 날 실랑이하고 싶지 않아 모두 괜찮다며 넘어갔다.

부동산 사장님의 덕담 덕분인지 그렇게 눈 오는 날 이사는 잘 마무리되었다. 다만 사는 곳을 옮긴 것만으로 모든 일이 끝난 건 아니었다. 우리의 새로운 보금자리를 만들어나갈 준비 또한 필요했다.

한창 이사 간 집에 놓을 가구를 보러 다니면서 친구들이 신혼집에 들여다놓은 가구의 가격을 알게 됐다. '어? 이거 걔네 집에 있던 식탁이다.' 하며 가격표를 보면 헉 소리가 났다. 말로만 듣던 혼수 준비는 상상보다 더 큰 돈이 들어가는 일이었다. 서솔과 나는 조용히 오늘의집 앱을 켜 비슷하지만 저렴한 식탁을 찾아봤다. 언젠가 자가를 마련하게 되면 좋은 가구를 들여야지 했다.

쿠팡과 오늘의집 알림이 쌓이고, 집에 가구를 하나씩 들였다. 방 하나는 내가 원하는 대로 서재로 꾸몄다. 우리가 들인 가구 중 가장 비싼 것은 책장이었다. 베이지색 책장을 가장 넓은 방 벽 크기에 맞추어 넣고는 여기가 꽉 찰 만큼 책을 사야겠다고 다짐했다(지금은 이미 책장이 넘칠 만큼 책이 들어찼고 그중 10% 정도를 읽었다). 부엌에는 새로 산 냉장고를 넣고 다용도실에는 세탁 타워를 들였다. 옷에 진심인 나는 5년 약정으로 스타일러를 대여했다. 냉온수가 나오는 정수기도 함께.

스무 살에 서울에 올라온 후 수많은 이사를 했지만, 이번에는 생경한 감상이 들었다. 이전의 이사와는 결이 다른 느낌이었다. 아마 이런 공간에 부모님 없이, 결혼 없이 살 수 있게 될 거란 생각을 나조차도 못 했기 때문일 것이다. 그렇게 우린 동거하게 되었다. 조금 더 '집' 같은 공간에서.

나에게로 떠나는 여행

아버지가 몽골에 간다고 했다. 그것도 혼자. 표정이 굳어졌다. 젊은 사람들도 그룹으로 가고 음식도 안 맞아서 고생한다는데 몸도 안 좋은 양반이 거길 어떻게 혼자 가냐면서 자식들의 성화가 이어졌다. 아버지는 허허 웃으며 괜찮다며 본인이 다 알아봤고, 가이드도 구했다고 안심시키려 했다. 소년같이 설레는 표정을 보이는 아버지를 그래도 한 번 더 만류해 보려는데 언니가 막아섰다. 아빠도 다 생각이 있겠지. 저렇게 가고 싶다는데 우리가 무슨 수로 반대하냐고.

몽골행 통보가 있고 3개월 뒤, 아버지는 정말 혼자 몽골에 갔다. 게르에서 담요를 여러 겹 덮고 꾀죄죄한 얼굴을 한 사진, 드넓은 평야 위에 말을 바라보며 찍은 사진, 경사진 돌산에서 말을 탄 사진을 보내왔다. 전통 음식 허르헉을 대접받았는데 향이 독특해 두 점도 못 먹었다고도 했다. 그럴 줄 알았다고 답했다. 그래도 행복해 보였다. 실제로 땅을 파서 용변을 해결하는지 궁금했지만 물어보진 않았다.

*

서솔과 나는 2023년에 프랑스와 독일 여행을 함께하고서 다음에는 호주를 가보자 약속했다. 올해 아니면 내년쯤을 기약하고 있었다. 그러다 어머니가 솔이와 호주를 가고 싶어 하지 않았냐며, 호주에 갈 일이 생겼는데 함께 가지 않겠냐고 제안했다. 순간 엄마와 나 그리고 서솔이라는 조합으로 해외여행을 가는 것에 살짝 의문이 들었지만, 호주에 가고 싶었던 마음이 커서 수락했다. 나도 솔의 어머니와 여행할 수 있을 것 같았기에 서솔을 설득하는 일도 어렵지 않았다(솔이의 어머니는 해외여행에 자주 나를 데려가고 싶어 하신다).

우리 셋의 해외여행은 결론부터 말하자면 쉽진 않았다. 여행 내내 서솔이 불편하진 않은지, 어머니는 괜찮은지 중간에서 번갈아가며 살펴야 했다.

한번은 어머니가 생각하는 방식과 선택의 과정이 답답해 미칠 지경이라 참다가 서솔에게 하소연을 했다. 서솔은 여느 때와 같이 촌철살인을 했다.

"이제 내 마음을 알겠어? 어머니 진짜 너랑 똑같으셔."

같은 하소연을 은하에게 카톡으로 했더니 이렇게 답장이 왔다.

ㅋㅋㅋ허휘수 거울 치료 중이네.

호주에 있는 내내 어머니에게 화가 나려 할 때마다 따져보면 나와 너무 비슷해서 더 감정이 격해진다는 걸 깨달았다.

뇌에서 자신과 타인을 인식하는 부위가 다른데 가까운 사람을 대할 때는 타인을 인식하는 쪽이 아닌 자기 자신을 인식하는 부위가 활성화된다고 한다. 그 관계가 가까우면 가까울수록 뇌에서는 본인으로 인식하게 된다는 것이다. 즉, 친밀한 관계의 타인을 나와 구분하지 못하므로 그가 나의 기대나 기준에 부합하지 못할 때 스스로에게 느끼는 실망감과 비슷한 수준으로 화가 나기 쉬워진다는 말이다. 나는 어머니를 타인으로 받아들이지 못하고 있을 게 분명했다. 평소에 내가 왜 어머니를 유난히 감정적으로 대했는지도 그제서야 이해가 됐다.

호주에 도착하고 3일 내내 둘만의 대화(라고 쓰고 싸움이라고 읽는)를 했다. 어머니의 호텔 방으로 가서 치열한 시간을 보냈다.

호주에 온 지 3일째 밤이었다.

"도대체 왜 그러니. 우리 딸이 이런 사람이 아닌데."

"난 그냥 엄마의 전적인 사랑이 필요해. 전적인 이해와 포용이 필요해. 나를 서른세 살이 아니라 다섯 살이라고 여겨. 내가 넘어지고 실수해도 빈틈없이 아껴주고 괜찮다고 해."

"이렇게 큰 다섯 살이 어딨어."

"엄마, 난 지금 어른이 아니라 그냥 애라고."

"언제는 어른 대 어른으로 대화하자더니."

"그땐 그때고 지금은 다섯 살이 되고 싶어."

그날 솔직하고 당당하게 엄마의 사랑을 요구했다. 나는 오랫동안 이 말을 하고 싶었는지 모르겠다.

어떤 화에는 결핍이 들어가 있다. 불같이 화를 내는 상대에게 '사랑해'라고 말하면 그 화가 삭혀지기도 한다. 내가 얼마나 어머니를 사랑하는지 나의 결핍이 무엇인지 마주한 순간이었다.

이날의 대화 이후 나는 더 이상 어머니에게 화가 나지 않았다. 어머니는 알고 있던 것보다 여리고 생각했던 것보다 더 강한 여자였다. 익히 안다고 생각했던 어머니의 순수함은 조금 놀라울 정도로 엉뚱

했다. 서솔이 호주에서 선물한 팔뚝만 한 인형을 배낭에 달고 다녔고 이름도 지어줬다. '시든이'. 숙소를 나설 때면 "우리 시든이 데리고 가야지." 하며 배낭을 멨다. 양식만 먹어도 된다고 호언장담했지만 숙소에서 신라면 국물을 바닥까지 비우고, 피곤하지 않다고 해놓고 차에 타서 머리만 대면 숙면하는 모습은 귀여워 보이기까지 했다. 일상이 아닌 곳에서 마주한 어머니의 모습은 그 어느 때보다 자신 같아 보였다. 이런 장면을 더 늦기 전에 볼 수 있어 다행이라고 여겼다.

＊

호주를 다녀와서는 언젠가 아버지와도 꼭 여행을 가봐야겠다고 다짐했다.

몇 년 후를 예상했던 기회는 생각보다 빨리 다가왔다. 추석의 황금연휴. 미루지 않고 아버지와의 여행을 계획했고 그의 버킷리스트 중 하나인 '앙코르와트 실제로 보기'를 이뤄주기 위해 캄보디아로 떠나기로 했다. 이번에는 둘이서. 우리는 연휴를 꽉 채워 다녀오기로 했다.

배낭 도보여행과 오토캠핑을 좋아하는 아버지는 캄보디아에 가는데도 배낭 하나를 메고 가려고 했다. 제발 무릎도 안 좋은데 캐리어라는 것을 사용해보라며 내 캐리어 하나를 가져다줬다. 아버지는 캐리어에 침낭을 챙겼다. 그런 모습에 나는 캄보디아에서도 게르에서 잘 생각이냐며 침낭을 빼려 했다. 그러자 프놈펜에서 시엠립 가는 슬리핑 버스에서 뭘 덮고 자냐고 물어왔다. 캄보디아에도 이불은 있다고 만류해도 아버지는 굳이 침낭을 챙겼다. 버스가 너무 추워서 가져간 침낭이 아주 유용하다는 건 슬리핑 버스에서 알게 됐다.

앙코르 와트 투어는 현지에서 신청할 생각이었다. 한국에서 알아보는 투어는 너무 비싸기도 했고, 아버지의 체력이 걱정돼 일정이 유동적인 편이 낫다고 판단했다. 우선 시엠립에 도착해 호텔로 가는 툭툭을 잡아탔다.

기사님은 40대 정도의 건장한 남자였다. 툭툭에 올라 인터넷으로 현지 가이드를 알아보고 있는데 아버지가 기사님에게 흥정을 시도했다. 가고 싶었던 모든 사원과 관광지를 지도에 손으로 짚으며 3일 동안 돌고 싶은데 얼마가 들겠냐고. 난 툭툭을 타고 다닐 생각이 없었는데. 에어컨 빵빵한 벤을 타고 싶었는데. 이내 흥정에 성공하고 기뻐하는 아버지에게는 그저 웃어 보였다.

그렇게 우린 툭툭을 타고 3일 동안 거의 300km를 다녔다. 온몸으로 먼지를 맞으며 비포장도로를 하루에 다섯 시간씩 달렸다. 젊은 나도 꼬리뼈가 아픈데 아버지는 어떨까 싶었다. 하지만 아버지의 얼굴에는 내내 웃음이 떠나지 않았다. 여행은 조금 고생스러워야 여행 같다며. 마지막 일정으로 도착한 프놈쿨렌(쿨렌산)의 폭포에서 수영할 때 아버지가 이런 말을 했다.

"진짜 내가 꿈꾸던 거 다 하고 다 봤다. 너무 행복하다 휘수야. 고맙다."

툭툭을 타고 올라온 산길에서의 고단함이 폭포에 씻기는 듯했다.

프놈펜에서 시작해 프놈쿨렌까지 여행 내내 크메르 제국의 유산을 연구하러 온 사람들처럼 열심히 사원과 유적지를 돌았다. 나중에는 여기가 어딘지도 모르겠고 그 많은 석상이 뭘 의미하는지도 헷갈리기 시작했다. 사원마다 각기 다른 아름다움이 있다며 흥분해 이것저것 자세히 관찰하는 아버지를 바라보며 '이거 보러 왔지.' 생각했다. 아버지는 역사학자나 고고학자를 하셨어도 즐겁게 일했겠다 싶었다.

새벽부터 일어나 유적지를 보고 나면 녹초가 되어 오후에나 리조트로 돌아왔다. 그러고는 수영장에서 앙코르 비어를 한잔하며 해가 다 질 때까지 아버지와 이야기했다. 가벼운 이야기로 시작한 것이 나중에는 오랜 비밀까지 털어놓는 깊은 대화가 되었다. 그 자리에서 아버지는 지난번 혼자 몽골에 간 것은 인생의 터닝 포인트를 만들기 위함이었다고 말했다.

처음 보는 아버지의 모습이었다. 낯설면서도 반가운 얼굴이었다. 이게 진짜 아버지의 얼굴이라면 너무 늦게 마주한 것에 죄송했고 지금이라도 만난 것에 감사했다.

"내가 꿈꾸던 여행을 하면서 살 거야. 시간이 많이 없다고 느끼거든."

"그래. 나랑도 가끔 여행 다니고."

우린 그렇게 다음 여행을 기약했다.

어머니와 아버지는 자주 남은 인생을 어떻게 마무리해야 할 것인가에 대해 말한다. 내가 볼 땐 지금이야말로 자신을 위한 삶을 살 수 있는 시기로 보이는데 말이다. 때마다 나는 누군가는 해줘야 한다고 믿는 응원을 보낸다. 약간 건방진 응원일지도 모르지만.

"제발 그런 약한 소리 좀 하지 마. 일주일을 더 살아도 신나게 살아야지. 그냥 마음대로 살아. 하고 싶은 대로."

과도기

집에서 아버지와 전화하던 솔이가 갑자기 통화를 스피커폰으로 돌렸다. 핸드폰 너머에서는 주말에 여수로 여행을 가는데 같이 오라는 목소리가 들렸다. 그렇게 난 솔의 가족여행에 초대받았다. 솔이 부모님, 언니와 형부 그리고 조카, 남동생과 그의 약혼자가 오는 여행이었다.

불편하지 않겠냐는 솔의 질문에 대답했다.

"동거인으로서 마땅히 참석해야 할 거 같은 구성원인데? 그럼 당연히 가야지."

작년에는 솔이가 우리 가족여행에 함께했다. 익숙해지고 있다. 우리도 서로의 가족들도.

3장

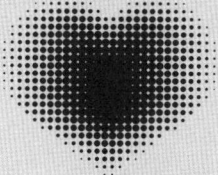

다정한 우정 2:
이게 우정이면 나는 친구 없어

친하게 지내는 친구와 연인으로 오해받는 일은 너무나 흔한 일이다. 나에게는.

스물두 살 때 고등학교 후배에게 연락이 왔다. 후배들과 그렇게 친하지 않았기에 먼저 연락을 해온 2년 후배에게 고마운 마음이 들었다. 그는 학생회장이었던 나와 학생회 활동을 했었고, 지나가는 말로 "졸업하면 연락해. 밥 사줄게." 했던 말을 기억하는 사람이었다. 정말로 연락하는 건 쉽지 않다는 걸 알기에 더 마음이 갔고, 선배 노릇을 하기 위해 아르바이트 월급을 받은 뒤 약속을 잡았던 기억이 난다.

부산의 한 막걸리 집에서 만난 우리 사이에는 어색함이 감돌았다. 그날 재밌는 이야기를 들었다. 나와 선경이가 학교에서 유명한 커플이었다는 것이다 (나는 여고를 졸업했다). 후배는 선경이의 이름을 자세히는 몰랐고 "그 왜 언니랑 매일 같이 다니던 선배 있잖아요."라고 했다. 나는 단번에 선경이라는 걸 알았다. 후배들은 선경이와 내가 사귀는 사이라고 생각했고, 우리가 매일 삼각김밥과 캔 커피를 사던 맘보슈퍼 주인 분도 아는 소문이었다. 나만, 아니 나와 선경이만 몰랐던 것이다.

흥미로운 이야기에 몸을 앞으로 숙이면서 더 애

기해 보라고 부추겼다. 거의 매일 같이 등교하고 서로를 챙긴다는 게 그 이유였다. 누군가는 지나가다가 우리가 안고 있는 걸 봤다고도 했다.

웃음이 나는 일이었다. 왜 몇 사람만 우리가 안고 있는 걸 봤는지가 의문일 정도로 우린 자주 포옹했으니까. 자연스럽게 내가 머리가 짧으며 사복으론 남자 옷을 입기 때문에 일어난 해프닝이라고 짐작했다(고등학교 시절엔 나는 교복 치마를 입었으며 교복 바지는 없었다). 긴장하며 조심스레 선경이와 나의 사이를 떠보던 후배는 내 반응에 짐짓 놀란 듯했다. 아무렇지도 않아 보이고 오히려 재미있어 하는 나를, 쉴 새 없이 동공을 움직이며 관찰했다. 이런 오해에 내 기분이 나빠야 하는지 몰랐다. 단지 그날 후배와의 대화는 사람들이 이렇게 볼 수도 있구나를 확실히 알려준 계기였다.

대학에 와서도 비슷한 일은 반복되었다. 나는 여대를 다녔고, 당시에 댄스 동아리에서 친하게 지내는 동기 J와의 관계를 궁금해하는 사람이 많았다.

하루는 J와 웃으며 대화하고 있는데 그 모습을 보던 몇 기수 위 선배가 "그렇게 좋아?"라고 물었다. 질문을 이해하지 못했던 나는 "네?"라고 물었다가 다시 "네!"라고 답했다. 동기가 좋냐는 말에 긍정하지 않으면 안 되는 분위기로 읽었다. 많은 선배가 동기랑 잘 지내는 게 중요하다고 여러 번 말하는 걸 기억해냈기 때문이다. 선배는 씨익 웃으면서 자리를 떴다. 그렇게 좋냐던 선배의 질문 속 의도를 짐작하게 된 건 후배와의 만남 이후였다. 선배가 그렇게 물었을 때 나는 당시 J의 애인과 있었던 일을 듣고 있었는데 말이다. J가 이 사실을 알면 얼마나 분해할지를 알아서 그대로 전했다.

"동아리 선배들이 우리 사귄다고 생각하는 거 같아."

"뭔 ×소리지. 누가? 내가? 너랑? 누가 그러는데!" J가 펄쩍 뛰었다.

"그렇게 생각하는 사람 되게 많을걸?" 웃음을 참으며 J의 분노에 불을 지폈다.

"그런 헛소문이 어디서 나오는 건데."

J의 인상이 팍 구겨진 것에 만족하며 더 이상 말하지 않았다. J와 정말 사귀지 않았는지 묻는 질문을 몇 년 후에도 받은 걸 보면 꽤 잘 어울렸나 보다 (J는 동의하지 않겠지만). 그럴 때마다 사귀지 않았다

171

고 대답하면 그럼 내가 J를 일방적으로 좋아했냐는 질문이 되돌아왔다. 그냥 사겼다고 치는 게 그 사람에게는 편안해 보였다. 친구뿐만 아니라 친하게 지내는 언니들과도 자주 엮이곤 했다. Y라는 언니에게는 결혼을 약속한 애인이 있었는데 나를 만나는 걸 그분이 싫어했다는 사실을 나중에 알았다. 오늘 Y가 휘수와 약속이 있다고 하면 "걔랑 있는 거… 내가 신경 써야 되는 거 아니지?" 이런 식으로 되묻고는 했다는 것이다. Y 언니 부부의 집에 집들이를 갔을 때 언니가 이야기해 줬다.

"이 집에 오는 건 괜찮으시대요?"

황당해하며 물으니 Y는 파하하 웃으며 다 옛날 일이라고 했다. 집으로 돌아가기 전 남편과도 인사를 했는데 짓궂은 농담을 하려다가 겨우 참았다. '형부 아니었으면 언니 저랑 살았을 텐데.' 이딴 농담이었다. 부부의 평안을 바랐기에 한번 봐주는 것으로 했다. 반복되는 이런 일 때문에 한때는 그래서 내게 문제가 있다고 여기기도 했다. 등이나 어깨를 쓰다듬기 좋아하고, 친구와 팔짱을 끼거나 손을 곧잘 잡는 버릇이 있었는데 어느 순간부터 이를 의식적으로 하지 않아야겠다고 다짐한 적이 있다. 오래된 버릇이라 잘 고쳐지진 않았지만 그래도 몇 년간은 노력했던 기억이 생생하다. 노력이 의미 없다는 걸 알게 된 이후론 신경 쓰지 않았지만. 아무리 스킨십이 없어도 친구와 사귀냐는 질문, 관계를 의심하는 시선 혹은 확신하는 소문은 끊인 적 없었다. 여전히 불편하거나 기분이 나쁜 일은 아니었다. 가깝게 지내는 모습이 보기 좋은가 보다 여겼다.

이런 질문이나 소문을 기하급수적으로 많이 받게 된 것은 유튜버가 되고서부터다. 처음 보는 사람들은 꼭 함께 유튜브를 운영하는 은하와의 관계를 물어본다(내 성별을 먼저 궁금해하는 건 덤이다). 지속적으로 달리는 '사귀는 사인가요?'라는 댓글에 일일이 답변해 주는 것도 보통 피곤한 일이 아니었다. '아니에요.' 하면 '에이… 맞는데?' 하는 사람도 있다 보니 대답할 필요성도 점점 못 느끼게 될 정도다. 그중에 기억에 남는 댓글 하나가 있다.

○○○ : 이게 우정이면 나는 친구 없어.

왜? 왜 그렇게 생각하는 건데? 생애 전반에 걸쳐 같은 질문을 옆의 친구가 바뀔 때마다 받아온 나로서는 (진심으로) 궁금하다. 물론 이런 질문들을 심도 깊게 하는 사람은 드물다는 걸 나도 안다. 그저 툭, 의미 없이 "둘이 사겨?" 하는 것임을. 하지만 같은 질문을 고작 30년 조금 넘는 세월 동안 최소 1,000번 이상 받은 나에게는 이유를 들을 자격이 있다고 생각한다. 내가 머리가 짧아서 남자로 보이기 때문에 그런 것일까? 다정한 남녀 한 쌍 같아서 사귀냐고 물어보는 것일까? 아니면 우리 관계가 단지 다정해서인지, 아니면 이런 친구 사이는 정말 경험해 보지 못한 사람들이 그들의 관계를 기준 삼아 우리 둘 사이를 정의하고 싶은 것인지 궁금하다.

나를 남자로 여기고 여자인 친구와의 관계를 궁금해하는 건 오히려 단순하다. 한국인의 망붕 렌즈는 이제 세계가 알아주는 부분이니까. 그럴 수 있다고 쳐보자. 나와 친구가 두 명 다 여자인 것을 안다는 가정하에 사귀냐고 묻는 질문은 더 의아하다. 동성 커플인데 우리 관계를 당신(상대방)에게 말하지 않았다면 아직 커밍아웃할 생각이 없거나 영원히 할 예정이 없는 상황이라고 유추할 수 있지 않은가. 친한 사이라면 상대방의 질문에 자연스럽게 둘 관계를 고백하고 커밍아웃하는 계기가 될 수도 있겠다.

하지만 질문을 던지는 사람과 초면이라면? 그가 아무 관계 없는 타인이라면? 사귀냐는 질문의 무게가 더 무거워져야 하는 게 아닌가 생각한다. 당신이 별 의미 없이 던진 사귀냐는 가벼운 질문에 일생일대를 걸고 성적 지향을 지키는 사람은 큰 부담을 느끼거나 낙담할 수도 있다.

진짜 사귀는 게 맞다면 정말 뭐 어쩌려고 묻는 건지도 궁금하다. 알아서 뭐 하려고? '아… 사귀는구나!' 하려고? 비슷한 질문으로는 '혹시 레즈비언(게이)이세요?' '여자(남자) 좋아하나요?' 등이 있다. 누군가가 이 질문을 받고 혹시라도 당황해하는 얼굴을 다수에게 비추게 되면 이는 아웃팅에 가깝다. 그 얼굴을 본 다수 중 한두 명은 분명 '맞나 봐' 할 테니까. 물론 동성 관계를 궁금해하는 질문 중에는 '혹시 당신도 나와 같은 삶을 살고 있나요?'라는 의미를 내포한 질문도 있다고 생각한다. 동질감을 느끼기 위해 한발 다가서는 질문일 수도 있겠다. '사귀나요? 잘됐네요. 저도 애인이 있어요.'라고 말하고 싶은 이들의 조심스러운 노크일 수도 있다. 다만 이는 굉장히 수동적인 접근일 뿐이다. "우리가 더 깊은 대화를 하기 위해 당신이 먼저 비밀을 꺼내놓으세요."라고 말하는 건 좋은 대화 방식은 아니라고 생각한다.

그렇다면 여기서 하나 더 이야기하고 싶은 게 있다. 왜 나와 비슷한 스타일을 한 친구들과의 관계는 궁금해하지 않을까? 예를 들어 나와 비슷하게 운동을 좋아하고 머리가 짧고 '남자'라고 쉽게 오해받는 친구들과의 관계. 아무리 내가 그 친구를 만지고 사랑스럽게 쳐다봐도 아무도 사귀냐고 물어보지 않는다. 그러니 결국 동성 관계에서도 기존의 이성애 커플의 모습을 찾으려는 것으로밖에 해석되지 않는다.

'한 명은 여성스럽고 한 명은 남성스러울 거야. 역할이 나눠져 있겠지.'

동성 커플의 역할 놀이를 부추기는 건 사회적으로나 개인적으로나 그들이 건강한 연인 관계를 만드는 데에 도움이 되지 않는다.

누군가의 가장 나다운 모습이 어떤 것인지는 쉽게 드러나지 않는다. 특히 옷 스타일이나 머리 스타일, 말투나 표정으로 보이는 건 그중에서도 얼마나 사소하고 단편적인 모습인지 자신이 더 잘 알 것이다. 보이는 게 다라지만 그건 보이는 것만 봐서 그렇다. 그러니 우리는 누구든, 어떤 관계든 쉽게 가늠하고 단언할 수 없다.

앞으로도 비슷한 질문을 받을 예정이고 나는 또 신경 쓰지 않을 작정이다. 모든 걸 꿰뚫어 보는 듯 타인의 삶을 슬쩍 찔러보는 태도는 조금 우습다. 누군가에겐 연인처럼 보이는 우리 사이가, 나에겐 우정의 가장 단단한 얼굴이다. 사귀냐고 묻기 전에 왜 다정한 우정은 상상하지 못하는지 이제는 내가 먼저 물어보고 싶다. 다정함을 그저 연인 간의 사랑으로만 재단해야 한다면, 세상은 얼마나 좁아질까.

내게 주어진 시간은 친구와 함께 웃고 춤추고 살아가기에도 부족하다. 그러니 내 삶을 엿보는 시선에 일일이 대답하느라 낭비할 여유가 없다. 진심을 알아줄 사람은 내 옆의 친구로 족하니까. 지금처럼 굳이 이름 붙이지 않아도 될 다정함 속에서 살아갈 것이다.

가족애 판타지

한동안 유튜브 쇼츠를 볼 때마다 〈폭싹 속았수다〉의 장면들이 다양하게 나왔다. 그 짧은 60초 동안 눈물 나게 하는 장면이 한두 개가 아니었다. 드라마 속 시대상을 고려하더라도 이렇게 전 세대를 아우르는 인기 작품이 나온 건 너무 오랜만이라 흥미롭게 그 열풍을 지켜보는 입장이었다. 드라마를 본격적으로 보진 않았다는 말이다. 쇼츠로 본 게 하도 많아서 대충 내용을 다 알기도 했다.

어머니도 드라마 이야기를 꺼냈다. 언니가 〈폭싹 속았수다〉를 꼭 보라고 했다는 것이다. 이런 말과 함께.

"엄마, 모성애를 이 드라마를 보고 한번 배워도 좋을 거 같아."

어머니의 미지근한 모성애(실제론 모르겠지만 자식들이 느끼기에)를 돌려서 까는 건 우리 집안의 전통 있는 농담이니 이해하자. 내가 어떤 것을 대중적이라고 느끼는 기준이 있는데 그건 언니가 아느냐 모르느냐다. 언니가 아는 유튜버, 아이돌, 드라마, 영화, 연예인은 정말 유명한 거라 볼 수 있다. 평소 일만 하고 문화 콘텐츠를 가볍게 소비하는 언니가 안다면 거의 전 국민이 아는 것과 같다고 여긴다. 〈폭싹 속았수다〉는 이 기준으로 보자면 대한민국을 강타한 드라마다.

그 이유가 뭔지를 알고 싶어 결국 미뤄온 드라마를 정주행했다. 울지 않은 에피소드가 없을 만큼 울림을 주는 장면이 많았다. 감동, 분노, 이해, 슬픔, 아픔, 기쁨, 행복, 안도감, 안정감. 드라마를 보면서 느끼는 감정만 나열해도 A4 한 장은 채울 만큼 강렬했다. 흥행 작품의 인기 요인을 분석하는 일은 쉽다. 이래도 저래도 말이 되니까. 그럼에도 이 드라마를 두고 가장 많이 언급되는 점들은 좋은 대사(대본) 그리고 대사를 빛내는 배우들의 연기와 연출이다. 즉, 다 좋다는 것이다. 개인적으로 생각한 인기 요인은 적절한 공감대 형성과 대리만족이다. 난 이 드라마는 일종의 판타지 같다고 느낀다. 가족애 판타지.

영화 〈범죄도시〉 시리즈에서 강력한 체구와 힘으로 한 방에 범인을 때려 눕히는 마석도 형사는 현실에서 존재하기 힘든 인물이다. 경찰이 범죄자에게 함부로 손댈 수 없는 게 우리나라 법이니까. 그런 점에서 마석도는 말하자면 슈퍼히어로 같은 존재고

〈범죄도시〉의 이야기 구조는 현실과 맞닿아 있지만 판타지 세계관과 유사하다. 고담시의 베트맨, 미국의 캡틴 아메리카가 존재하는 방식으로 한국의 마석도 또한 존재하는 것이다. 쓸 수 있는 능력이 이들에 비해 한정적이라 그렇지 마석도는 약간 불량하지만 정의를 수호하는 히어로다. 마석도 판타지는 수많은 사적 재재를 소재로 한 범죄 영화보다는 신뢰할 수 있는 공적 재재를 다루고 있고, 우리 사회 어딘가에 이런 경찰이 있을 거라는 희망적인 메시지를 담고 있다.

〈폭싹 속았수다〉 또한 많은 사람이 현실적이라며 드라마에 공감하고 사랑을 표현하지만 들여다보면 판타지 같다는 인상을 지우기는 힘들다. 아깝고 귀한 딸을 위해 기꺼이 자존심을 내려놓는 어머니, "수틀리면 빠꾸!"라며 늘 뒷배가 되어주는 아버지. 마음을 다쳐온 딸을 기어코 또 키워내는 부모님. 한 장면, 한 장면은 있을 법할지 몰라도 매번 이런 순간들만 모여 한 가족의 일생이 되기란 참으로 어려운 일이다.

하지만 상관없다. '어딘가에는 이런 가족이 있을 거야.' 혹은 '우리 부모님도 날 저렇게 키웠을 거야.'

믿을 수 있다면 그걸로 충분할 것이다. 〈폭싹 속았수다〉는 어제 어머니에게 있는 짜증 없는 짜증을 내며 상처 주는 말을 뱉었던 보통의 딸이 전화 한 통 할 수 있게 하는 드라마다. "엄마 뭐 해? 어제는 미안해." 라고. 한편으로는 여러 면에서 가족에 대해 생각하게 만드는 드라마이기도 하다.

언제나 영원히 그 자리에 있는 건 아무것도 없다. 가족도 시간 제한이 있는 관계라는 걸 시간이 지날수록 많이 느낀다. 그리고 그 관계를 하나의 형태로만 지속해 나가긴 힘들다는 것 또한.

가족 구성원으로서 각자의 삶이 변화해 갈 때 관계의 정의도 달라져야 한다. 자식들이 미성년자일 땐 부모님과의 일방적인 관계가 가능하겠지만 성인이 되고 나선 상호의 합의가 필요한 관계로 나아가야 한다. 이 합의점을 찾는 시기가 우리가 청년일 때 부모님이 중년일 때다. 서로 어색하지만 반드시 필요한 과정이라고 생각한다. 부모님의 노년을, 우리의 중장년 시기를 어떻게 함께 보낼지 결정하는 중요한 시간이다.

형제자매과의 관계도 변화한다. 가장 큰 변화에는 결혼이 있다. 언젠가 가족 여행을 간다는 언니의 말을 듣고 '우리가 여행을 가던가…?' 생각했는데 언니, 형부, 조카 그리고 시댁 식구들이 가는 여행이었다. 당연히 내가 포함될 거라 생각했던 게 내심 부끄러웠다. 이제 언니의 가족에는 내가 포함되기도 하지만 아니기도 하다. '우리 가족'이라는 단일한 집합 안에 살던 언니에게 나에겐 멀어 보이는 또 다른 가족 집합이 생긴 것이 생경했다. 나중에 동생이 결혼하게 된다면 또 상황이 달라질 것이다. 나는 결혼을 염두에 두지 않는 삶을 살기 때문에 가족의 관계 변화를 관망할 수 있다. 여기에 아쉬움이 있다기보단 움직이는 판 위에서 어떤 중심을 잡아야 하나 고민한다.

어쩌면 내가 일반적인 생애주기로 살지 않아서 많은 사람이 공감하고 있는 현실 반영 드라마를 판타지로 보고 있을지도 모른다. 하지만 가깝게 지내는 대부분의 친구가 나와 같이 결혼하지 않는 삶을 꾸려가는 덕에 그 속에서 이질감을 느끼는 일은 극히 드물다. 가끔 나를 조감하면서 차이를 인식하게 될 뿐이다.

'아, 맞다. 나 조금 다르게 살고 있지.'

서로 맥락 없이 단상을 주고받을 수 있는 친구 은

하는 다른 의미로 가족적인 사람이다. 우린 하고 싶은 말이 있을 때 불필요한 서두는 생략하고 이야기한다. 그리고 날것의 생각을 주저없이 내뱉는다. 앞뒤 맥락을 유추하는 일은 상대방의 몫이다.

언젠가 은하는 자신의 가족을 만들고 있다고 말했다. 본인은 반려견 구름이가 살아 있을 때까지는 혼자 살 생각이 없다고. 처음 만난 순간부터 지금까지 은하는 늘 룸메이트가 있었고, 그들과 함께 살아가는 일이 쉽지 않지만 어떻게든 잘 해내는 모습을 보여줬다. 그는 소중하게 생각하는 사람들과의 관계를 이렇게 정의했다.

"내가 이 사람들을 사랑하는 마음이 가족 같다고 느껴. 잘되길 바라고, 챙겨주고 싶고, 궁금하고. 룸메이트들도 내 가족이야. 나는 우리 집 가장이고."

나에게도 가족 같은 사람이, 아니 가족이 많은 걸 깨달았다. 백년해로를 약속한 사이들은 아니지만 자연스럽게 서로의 나이 든 모습과 미래를 함께 그리고 있는 사람들 말이다. 다르다는 것에 불안함이 적은 건 주변의 가족들 덕분이었다. 나의 20년, 30년 뒤를 기대하게 하는 것도 그들이다.

연휴 잘 보내세요

아직도 명절에 큰집을 간다. 서른이 넘은 나이고 언니는 결혼도 했지만, 여전히 명절에는 큰어머니 댁으로 가는 게 당연하다. 아버지는 당신이 죽기 전까지는 명절에 큰집으로 모이라는 이야기를 했었다.

작년 추석이었다. 추석 이틀 전 제사 음식 만드는 것을 돕기 위해 부산 큰집으로 향했다(나의 명절 루틴이다). 큰집에는 큰어머니와 5학년이 된 조카들이 놀고 있었다. 음식 장만에 한창인 큰어머니를 도와 정신없이 전을 부쳤다. 간을 보라며 이것저것 입에 넣어주시는 것마다 간이 맞다고, 맛있다고 반복하다 보니 저녁이 되었다. 예전 같으면 친척이 하나둘씩 오면서 북적거려야 할 시간이 훌쩍 지났는데 큰집을 지키는 건 여전히 나와 조카 두 명 그리고 큰어머니였다. 음식을 하면서 내내 손님을 기다리는 듯한 큰어머니는 기다리던 사람들이 오지 않아 약간 실망한 듯했다.

사실 곰곰이 생각해 보면 이제 올 사람이 거의 없다. 어린 시절 부모님 차를 타고 모였던 사촌들은 모두 결혼했고, 돌아가시거나 몸이 안 좋은 어른들도 많아서 올 수 있는 사람은 다섯 손가락 안에 꼽을 정도다. 10여 년 전에 찍은 명절 사진을 보시며 이때가 진짜 명절 같았다고 회상하는 큰어머니를 바라봤다. 무언가 변화가 필요했다.

"큰엄마, 제가 진짜 거의 한 번도 안 빠지고 설, 추석 다 온 거 아시죠? 제 인생 명절 중에 큰집에 안 온 날은 진짜 몇 번 없거든요. 그래서 말씀드리는 건데 이제 추석에는 차례 지내지 마시죠."

처음 한 말은 아니었다. 추석 차례를 없애야 한다고 6~7년 전 처음 주장했다.

"누가 요즘 이렇게 차례를 꼬박꼬박 다 지내요? 다 놀러 다니는데 우리도 좀 놀아요. 하지 말아요!"

이렇게 말하면 큰어머니가 좋아하실 줄 알았는데 반응이 좋지 않았다. 큰어머니의 영역을 내가 침범한 듯한 느낌이었다. 30년 넘게 1년에 두 번의 명절과 한 번의 제사를 책임지던 사람에게 '의미 없는 일' 그만하자고 말한 것처럼 들리진 않았을까. 늘 인자하신 큰어머니의 눈빛이 날카롭게도 변할 수 있다는 걸 그때 처음 알았다.

그 일이 있고는 말하고 싶어도 꾹 참으며 시간이 흘렀다. 그리고 작년 추석에 다시 말을 꺼낸 것이다.

"저는 말할 자격 있다고 생각해요. 제 나이까지 이렇게 명절 차례에 개근하는 사람이 잘 없어요. 근데 이제는 오실 손님도 많이 없고 큰어머니도 좀 쉬고 놀러 다니시면 좋잖아요."

그게 내 마음대로 되냐며 없어진 줄 모르고 오는 손님이 있으면 어떡하냐고 하셨다. 그렇게 말씀하면서도 큰어머니의 반응은 이전과는 사뭇 달랐다. 추석과 멀지 않은 10월에 늘 조부모님 제사가 있는 것을 말씀하시며 추석 차례 정도는 다들 괜찮다고 하면 없애도 될 거 같다고 하셨다.

"오는 사람이 있으면 큰엄마한테 말하고 와야죠. 그 정도 예의는 지켜줘야지. 무슨 그런 걱정을 하세요. 그리고 제가 지금부터 모두에게 말할게요. 내년부터 추석에 차례 안 지낸다고. 명절을 정성스럽게 책임진 건 큰엄마잖아요. 아무것도 안 하면서 차례를 하니 마니 하는 사람들은 자격 없어요. 우리 아빠 포함. 자격은 1번으로 큰엄마에게 있고 2번으로 저에게 있다고 봅니다. 큰엄마만 괜찮으면 제가 다 정리할게요."

그러고는 정말 만나는 모든 집안사람에게 통보했다. 내년부터 추석에 차례 없습니다. 다들 연휴 잘 보내세요. 올해 설에도 한 번 더 쐐기를 박았다. 이번 추석부터 차례 없습니다. 황금연휴니까 즐겁게 보내세요. 큰어머니는 그래도 추석 명절에 밥 한 끼는 같이 먹었으면 좋겠다고 했다. 모인 가족들에게 밥상을 차리는 일이 큰어머니에게는 즐거움이기도 했겠다는 생각이 들었다. 그 과정의 번거로움은 개의치 않는 듯해 보이셨으니까. 그래도 추석 차례는 사라졌다.

이번 추석을 맞아 나는 또 명절 루틴대로 부산으로 갔다. 차례가 없어진 걸 기념하고 싶었다. 큰어머니께 준비한 용돈을 드리며 말씀드렸다.

"이제까지 추석 지내시느라 너무 고생 많으셨어요."

뭘 이런 걸 주냐며 손사래를 치셨지만 그래도 꼭 손에 쥐여드렸다.

내가 차례가 없어도 인사드리러 온다는 연락을 드리자마자 집 앞 시장을 몇 번이고 오가며 반찬을 준비하셨을 걸 알고 있다. 한치를 넣은 무생채, 전어무침, 각종 나물, 국을 하시느라 오늘 하루도 쉴 틈이 없었을 것도. 사촌 언니 내외와 조카들과 푸짐한 저녁을 먹고 큰집을 나서며 처음 건네보는 인사를 했다.

"큰엄마, 연휴 잘 보내세요!"

한 지붕 아래 살고
한 밥상에서 밥 먹는 사이

현지에게서 전화가 왔다. "어. 왜. 운전 중이야." 용건만 간단히 하라는 의미를 담아 툭 전화를 받았다.

"바빠?"

"당연히 바쁘지. 무슨 일이야."

"아니 솔 언니가 허리가 아파서 쓰러졌어."

"어???"

그 길로 바로 서솔의 작업실로 차를 돌렸다. 서솔은 물병을 주우려다가 갑자기 허리에 통증이 왔고 못 움직이겠다고 했다. 우리는 서둘러 119에 신고했고, 곧 도착한 구급대원들은 들것에 서솔을 실어 병원으로 갔다. 구급차엔 현지가, 구급차를 뒤따라 내가 차를 몰고 병원으로 향했다.

도착한 곳은 척추전문 병원이었다. 분주한 병원 안에 덩그러니 침대에 누워 있는 서솔을 보니 가여우면서도 웃음이 났다. 그때만 해도 그의 상태가 금방 치료하고 회복이 가능한 정도일 거라 낙관했기 때문이다. 추억이 하나 만들어진 것 같아 웃으면서 서솔을 살폈다.

얼마 안 가 웃음기가 가셨다.

서솔이 엑스레이와 MRI 검사를 받으러 갔을 때 어수선한 병원을 거의 진두지휘하던 간호사가 나에게 왔다.

"보호자시죠? 관계가 어떻게 되세요?"

"아 친구인데요. 같이 살아요."

"그러면 환자 본인이 들어야겠네요. 검사받고 올라오실 때까지 기다릴게요."

"제가 들어도 되는 사이긴 한데요. 법적으로 안 되나 봐요?"

간호사는 피곤한 얼굴에 옅은 미소를 띠고는 고개를 까딱했다. 법적 보호자 개념이 무겁게 다가오는 순간이었다. 침대에 실려 올라온 서솔이 진료실로 들어갔다. 나와 현지도 들어가도 되는지를 묻고 쭈뼛거리며 함께 진료실로 들어갔다. 의사는 대뜸 서솔에게 부모님이 어디 계시냐고 물었다.

'우리가 그렇게 어려 보이나? 차트에 생년월일이 나왔을 텐데?'

"지금 심각해요. 당분간 혼자서 생활이 좀 안 될 겁니다."

서솔은 급성 척추 추간판 탈출증으로 흔히 디스크가 터졌다고 말하는 상태였다. 통증이 심해 혼자서 생활하기 힘들었고 사무실에 나가기는 더 힘들었다. 당장 수술도 생각해 보라는 의사의 권유에 현지는 조용히 고개를 저었다. 현지도 허리 통증으로 고생 중이라 좀 알아봤는데 수술이 능사가 아니라며 오늘은 주사만 맞을 것을 권했다. 당일 받을 수 있는 처치를 받고 서솔을 태우고 집으로 왔다. 당장 일어나고 앉는 것도 힘겨운 서솔을 위해 나도 함께 재택 근무를 하기로 했다.

서솔은 서서 일할 수 있는 임시 공간을 마련했고 나도 서재에서 일을 할 수 있게 자리를 정비했다. 내가 서솔과 함께 살아서 참 다행이었다. 물론 이런 일이 생겼을 때 도와줄 친구도 있고 가족도 있겠지만, 집에 사람이 있는 건 다른 문제였다.

집안일을 도맡아 하고 식사까지 준비하는 나를 보며 서솔은 고마움과 미안함을 자주 표현했다. 나는 미안함은 넣어두라고 권했다. 그러고는 지금 한 지붕 아래 같이 사는 가족에게 의무를 다하는 중이라고. 나 아프면 너도 이렇게 해줘야 한다고 당부했다. 당연히 해줄 수는 있지만 안 아픈 게 낫지 않겠냐는 서솔의 바른말에 바로 수긍하긴 했지만.

공간이 주는 결속력일지 관계가 주는 책임감인지 혹은 둘 다인지 모르겠지만 내가 서솔을 간호하는 건 당연하다고 느꼈다. 가정의 안녕과 평화를 위한다는 대의가 있진 않았지만, 동거인으로서의 책무와 애정을 담아 기꺼이 2주를 함께 재택했다. 이렇게 둘이 집에 오래 있는 것은 처음이기도 해서 색다른 즐거움이었다.

며칠 뒤 서솔의 부모님께서 솔이의 상태를 전화로 전해 들으셨다. 놀란 어머니가 어떻게 생활하냐는 질문에 솔은 "휘수가 같이 재택해 줘. 계속 같이 있어. 걱정하지 마." 했다. 사실 서솔이의 부모님은 솔이 처음 나와 함께 집을 구한다는 소식에 조금 당황하셨다. 함께 사는 건 어려운 일이라며 그것도 친구와 사는 건 생각해 보라는 입장이었다. 당연하고 마땅한 반응이었다. 그렇지만 꿋꿋하게 나와 함께 집을 구한 솔이의 선택을 막는 분들은 아니었다. 이사 후 서울에 놀러 오셨던 어머니는 며칠 우리가 함께 지내는 걸 관찰하더니 말씀하셨다.

"둘이 같이 있으면 밥은 안 굶겠네."

밥이 제일 중요한 한국인이 건네는 찬사였다. 그리고 너네 둘이 사는 걸 보고 난 후에는 솔이를 잘 까먹는다고도 말씀하셨다고 한다. 그만큼 걱정을 덜어내셨다는 의미이자 우리 삶을 응원하는 따뜻한 지지 같았다. 밥은 안 굶겠다는 어머니의 말씀을 "안

굶긴 해요. 서솔이 밥은 다 해요."라고 능청스럽게
받아냈다.

안정을 갈구하는 건 불안정의 반증이라던데. 요
즘 안정에 대한 결핍이 줄어든 걸 보니 이 생활이 다
소 만족스럽다고 볼 수 있겠다. 순간순간의 소중함
을 알고 노력하는 것만이 이 만족의 유효기간을 늘
리는 방법이란 걸 나도 서솔도 알고 있다.

악의는 없어

"샘은 성선설을 믿어요, 아니면 성악설을 믿어요?"

"갑자기?"

댄스 레슨이 끝나고 그날 수강생 몇몇과 맥주를 한잔하는데 제자 한 명이 물었다. 대부분 20대 중반이었고 나는 그들보다 네다섯 살이 많았다. 또래보다도 올드한 나는 그들의 대화에 쉽사리 끼지 못하고 있었는데 조용한 선생님이 신경 쓰였던 한 명이 대화 주제를 제시한 것이다. 그의 질문에 성악설을 믿는다고 답했다. 학생은 흥미로운 듯 왜냐고 물었다.

"저희가 저번에 이 얘기를 해봤는데 한 명 빼고는 다 성선설이었거든요. 샘은 왜 성악설이에요?"

"악은 평범하니까…? 경계할 수 있잖아. 악한 행동을 한 사람을 악마로 치부하지 않고 사람으로, 그것도 아주 찌질한 인간으로 끌어내려야 경계하고 조심할 수 있지."

나의 진지한 대답에 이내 흥미를 잃은 제자 일동은 다른 대화 주제로 넘어갔다. 나는 다시 끼지 못했다. 덕분에 얻은 군중 속 고독에 이 주제를 혼자 고민할 수 있었다. 사실 몇 년 전 대학 교양 수업에서 같은 질문을 받은 적 있다. 당시에 나는 분명 '성선설'이라고 답했다.

SBS 〈그것이 알고 싶다〉, KBS 〈시사기획 창〉, JTBC 〈스페셜 탐사 스포트라이트〉. 이외에도 방송사마다 탐사 보도 프로그램을 줄줄이 꿰고 있다. 영화도 수사물, 범죄스릴러, 추리극, 액션물을 좋아한다. 사건 사고를 스토리텔링해 주는 유튜버들을 구독 중이고, 심지어 사람이 아닌 존재들의 이야기도 즐겨 찾는다. 악귀, 빙의, 퇴마 등의 키워드는 늘 내 알고리즘 한편을 차지한다. 귀신보다 사람이 더 무섭다지만 귀신도 꽤 무서운 편이다. 그냥 공포와 현실 공포를 둘 다 섭렵하고 있다.

왜 나는 공포에 심취해 있는가. 자극을 추구하는 현대인이라서만은 아닐 것이다. 타인의 고통을 그리 내세울 것 없는 내 인생의 위안으로 삼으려는 것도 아니다. 그럼, 뭘까?

공포 상황에 놓인 사람들은 극한의 감정 상태를 경험한다. 그럴 때 덫에 걸린 인간의 선택이 궁금하다. 가장 본능에 충실해지는 순간이기도 하니까. 동시에 나라면 어땠을지를 상상해 보기도 한다.

착하다는 말을 자주 듣는 사람들이 비슷하게 하

는 말이 있다. "저 별로 안 착한데…" 내면에서 끊임없이 마주하는 착하지 않은 생각들을 떠올리며 하는 말일 것이다. 사실 가끔 주변 사람을 미워하고 꽤 자주 자신을 위한 이기적인 선택을 할 것이기에 당신이 '나를 잘 몰라서 그렇다' '사실 나는 안 착하다'는 말이 입 밖으로 튀어나오는 것이다.

선하고 악함은 최종 선택의 문제다. 억겁의 시간 동안 끔찍한 생각을 해도 궁극적으로 타인과 자신을 위한 선택을 한다면 '선'이라고 할 수 있다. 반대로 어떤 동기와 의중이 있었는지 모르지만, 마지막 결정과 행동이 부정하다면 '악'이라고 봐야 한다.

대표적으로 아돌프 아이히만은 2차 세계대전 당시 유대인 추방, 수송, 학살의 최고위급 전문가였다. 종전 후 숨어 살다가 모사드에게 체포당해 이스라엘에서 열린 전범 재판에 섰다. 그는 본인의 무죄를 주장했다. 시키는 대로 했을 뿐이라고, 내 손으로는 단 한 명의 유대인도 죽이지 않았다고, 그저 일을 했다고. 철학자 한나 아렌트는 이를 '악의 평범성'이라고 했다. 아이히만은 분명 본인 선택이 가져올 끔찍한 결과를 알고 있었다. 그럼에도 결정을 번복하지 않았다. 나는 가끔 인터넷 댓글을 보면서도 '악의 평범성'을 떠올리고는 한다. 악플러들이 법적 처벌을 받을 위기에 놓였을 때 하는 말들, 장난이었다, 몰랐다, 재미로 그랬다, 피해를 줄 의도는 없었다. 아이히만의 무죄 주장과 미묘하게 닮았다. 정말로 몰랐을까. 개개인의 삶을 봤을 때 한 사람을 악플 한 줄로 평가할 수는 없을 것이다. 악플을 한 번 썼다고 해서 절대 악이 되는 건 아니니까. 아이히만의 주변 사람들은 그를 평범하고 심지어는 좋은 사람이라고 평가했다. 인간은 선택에 책임을 지는 존재라는 걸 잊지 말아야 한다.

물론 본능적으로 자신의 안위를 먼저 고려하는 게 당연해 보인다. 하지만 그 목적이 단순히 생존을 위한 것이라고 해도 타인이 볼 때에는 이기적이라고 심지어 악하다고도 생각할 수 있다. 내가 성악설을 믿는 것은 인간은 타고나길 선하지 않으며 더불어 살아가기 위해 계속해서 선과 가까운 판단을 해야 한다는 입장이기 때문이다. 타고나길 선하게 태어난다면, 선하지 않은 인간은 무엇인가? 악마라거나 비정상 범주의 어떤 것. 즉, 사람이 아니라는 결론에 다다른다. 동의할 수 없다. 우리를 분노하게 했던 많은 범죄자는 인간이다. 지독히도 형편없을 뿐이다.

결말은 해피엔드가 좋다. 이야기가 끝나고 더 이상 복잡하게 생각할 거리가 없는 것도 좋다. 현실은 자주 모호하고, 그 안에는 늘 감정의 동요가 있기 때문이다. 내가 보는 극에서만큼은, 그 속에서만큼은 빈틈없는 행복과 정의를 마주하고 싶다. 제대로 비리를 파헤치고, 빌런을 무찌르고, 완전 범죄는 허상이라는 것을 경험하게 하고, 상처받은 인간을 다시 감싸는 것도 인간이라는 사실을 깨닫게 하는 이야기가 좋다.

착하고 나쁘다는 것은 믿음의 영역이다. 어느 쪽을 신뢰할 것인지를 판단하는 건 개인의 몫이다. 다만 내가 아는 한 선은 악보다 끈기 있다. 또한 생명력이 길다. 살아남는 자가 강한 자라고 하지 않는가. 역사만 봐도 오래가는 악은 드물다. 그럼에도 늘 악은 도처에 있으니 주의가 필요하다.

데미안

편견과 혐오를 마주할 때 벽을 느낀다. 벽 안에 갇혀 있는 건 그것을 소유한 사람이다. 그 밖은 따뜻하고 시원하고 쾌적하다. 나는 어떤 벽에 갇혀 있는가? 가끔 무섭다. 알을 깨고 나오는 자이고 싶다.

아보하

태국 치앙마이 여행의 4일째 아침. 개인 채널에 올라갈 광고 영상을 마무리하느라 현지 시간으로 새벽 다섯 시에 일어나 일을 했다. 클라이언트에게 정오 이전에 영상을 보여드리겠다고 말한 터라 두 시간 시차를 고려해 오전 열 시까지는 영상을 송부해야 했다. 좁은 침대 협탁에 노트북을 두고 정신없이 편집을 했다.

두 시간쯤 지났을까 집중력이 흐려져 따뜻한 차를 한 잔 마시기 위해 물을 끓이고 있었다. 무심코 들어간 유튜브 화면에는 유례없는 여객기 참사에 관련한 뉴스만 가득했다. 썸네일만 봤을 땐 이 정도의 대규모 참사인지는 상상하지도 못했다. '현재 사망자 확인 15명 생존자 2명'이라는 실시간 속보가 자막으로 나왔다. 잊고 있었던, 아니 사실 잊지 못하는 과거 대규모 참사들의 기억이 뇌리를 스쳤다. 본능적으로 사상자가 금세 훨씬 더 늘어날 것을 알 수 있었다. 눈물이 뺨을 타고 흘렀다. 18도의 날씨인데도 춥게 느껴졌다. 몸이 떨리고 무력하게 후속 보도를 기다려야 하는 상황을 처음 겪는 게 아니기에 더 두려웠다. 얼마간 멍하니 유튜브 라이브 뉴스를 바라보다 핸드폰 화면을 껐다.

한 시간 정도가 지났다. 난 나의 현실을 살아야 했다. 체한 듯 속이 답답했지만 어쩔 수 없었다. 클라이언트에게 약속했던 시간을 맞추진 못했지만 리조트 체크아웃 전에 겨우 영상을 보냈다. 다른 호텔로 한 시간가량 이동할 때도 택시 안에서 노트북으로 계속 일을 했다. 밀린 메일 답장, 촬영 영상 백업 등 해야 할 일을 했다. 큰 에너지를 들이지 않고 하는 단순한 업무를 볼 때 다시 눈이 시렸다. 어떡하냐 진짜…. 나의 부모님이었다면, 친구라면, 가족이라면. 사랑으로 보내드린 여행이 마지막이라면.

택시 안은 조용했다. 누구도 이 이야기를 입 밖으로 꺼낼 용기가 없었다.

슬픈 예감대로 사상자는 늘어갔고 그들의 안타까운 사연도 접하게 됐다. 희생되신 분들의 과거와 현재, 유가족의 과거와 현재 그리고 미래가 영상을 통해 나에게 올 때마다 눈물이 흘렀다. 그러다 모든 소식을 온전히 받아내기엔 유약한 나를 발견하곤 더 이상 찾아서 보진 않기로 했다.

여행은 꽤 즐거웠다. 어쩐지 죄책감이 들어 한편으로 마음이 무거웠고 때론 부끄러웠다. '그래도 세상은 돌아간다는 말'을 경험적으로 이해하게 되었고 동시에 그런 현실이 잔인하다고 느꼈다. 별로 한 게 없었지만 여행에서의 하루는 잘만 지나갔다. 여행 시작부터 스릴러 소설을 읽고 있었는데 읽다 보니 버거워져서 다른 책을 보기로 했다. 감정적 소모 없이 가벼운 독서를 하고 싶어 연초의 스테디셀러 『트렌드 코리아 2025』를 펼쳤다. 12월 대한민국에 벌어진 사건을 알기도 전에 쓴 책일 텐데 신기하게 지금의 나에게, 또 나와 비슷한 누군가에게 필요한 말이 있었다.

아주 보통의 하루, 아보하. 『아주 보통의 행복』이라는 책에서 영감을 받아 만든 키워드라고 한다. 특별하지 않은 그저 그런 하루. 평범한 일상에 감사하는 아보하. 책에서 '아보하는 아무리 열심히 달려도 지금보다 더 행복해질 것 같지 않다는 젊은 세대의 좌절을 반영한다.'*고 한다. 지금 우리에게 '아주 보통의 하루'는 염원일지도 모른다. 나라에 닥친 위기가, 여객기 사고가 그저 운명이라고 한다면 너무 가혹하다. 지금 그냥 평범한 하루를 보내고 싶다는 생각은 좌절 끝의 작은 희망사항일 것이다. 큰 행복도

---

*『트렌드 코리아 2025』, 김난도 외 9명, 미래의 창, 2024, p.176.

행운도 바라지 않고 지나고 나면 잊힐 하루가 그립다. 2014년 4월 16일, 2022년 10월 29일, 2024년 12월 29일. 그저 그렇게 흘러갔을 하루를 이토록 명확하게 기억하는 일은 더 이상 반복하고 싶지 않다.

대규모 사상자가 나온 사고 뒤에는 깊은 애도의 물결과 진상 규명을 위한 움직임이 따른다. 하지만 날조된 소문과 맥락 없는 힐난도 함께 따라온다. 추모하기에도 부족한 시간을 바이러스 같은 가십과 가짜뉴스에 분노하는 데 쓰게 된다. 사고 사실과 피해자들마저 정치적 프레임으로 갈라치는 행태는 이제 되풀이되는 악습으로 자리 잡았다. 오래된 전통일 정도다. 제발 안 그럴 수는 없는지 붙잡고 물어보고 싶다. 이 난장판을 보기 싫어 정작 제대로 된 뉴스를 보는 것에도 주저하게 될 때가 많다.

『아주 보통의 행복』에서는 알 필요 없는 것들은 모르는 편이 낫다고 조언한다. 대한민국 국민으로서 반드시 관심을 가져야 할 일이 있는가 하면 그렇지 않은 정보들도 매우 많다는 걸 우린 이미 알고 있다. 필요한 무관심을 가져야 한다. 정신과 마음의 에너지를 잘 지켜야만 비축된 힘으로 다시 일어날 수 있다. 내 마음이 연약하듯 많은 이들의 마음도 그리 단단하지 않다고 본다. 나도 모르게 소모되고 다친 마음은 금방 회복되지 않는다. 진짜 강함은 약할 때를 아는 것이고 힘을 낭비하지 않는 것 아닐까. 우리는 함께 아파하고 위로해야 할 뿐만 아니라 다시 살아갈 힘을 서로에게 나눠야 한다.

알 필요 없는 것은 모르면 된다. 아는 것이 힘일 때와 모르는 게 약일 때를 잘 구분하며 살고 싶다.

선의 평범성

왼팔에는 표범 문신이 있고 오른 눈썹 위에는 피어싱이, 왼쪽 코에도 피어싱이 있다. 이런 스타일을 선호하기도 하지만 만만해 보이기 싫었던 마음이 반영된 겉모습이기도 하다. 눈이 나쁜 편이지만 귀찮아서 자주 안경을 놓고 다니기 때문에 흐릿한 세상을 조금이라도 잘 보려고 미간을 찌푸리며 다니기도 한다.

쉬워 보이지 않는 인상임에도 나는 성격 좋아 보인다는 말을 듣는다. 순하다, 착해 보인다는 말과 함께. 평생을 착한 축에 속하며 살아왔다.

착한 건 왠지 멋지지 않았다. 멋짐과 착함은 같은 집합에 속하지 않을 것 같았다. '멋'이 나의 인생 신조인 만큼 착하다는 평가를 그리 달가워하지 않았다. 이런 이유에는 착한 사람은 성공할 수 없다거나, 호구가 된다거나, 조금 이기적이어야 돈을 잘 번다는 등의 사회 통념도 한몫했다.

첫째로 멋지고 싶고 둘째로 입신양명하고 싶고 셋째로 부를 축적하고 싶은 자에게 착함은 걸림돌이 되는 게 아닌가 싶어 늘 불안한 마음으로 살았다. 타고나길 손익 계산을 못하기 때문에 의식적으로 실리를 따져보려고 부단히 노력했다. 관성적으로,

마음이 가는 대로 행동하게 되면 호구가 될까 두려웠다. '나는 좀 감정적이니까 이성적으로 생각해서 결정해야지' '이성적으로 보면 이게 맞지.' 하면서 마음이 불편한데도 굳이 이성적으로 보이는 선택지를 고르곤 했다. 그럴 때마다 현명한 선택을 했다며 자위했지만, 찜찜한 감정이 가시지 않아 몇 날 며칠을 마음 고생한 게 한두 번이 아니다. 손해 보고 싶지 않아서 힘을 잔뜩 주고 몸집을 부풀리며 다녔던 시절을 생각하면 귀가 빨개진다.

그렇게 내 마음에 반하는 선택을 하고 나면 쓸데없는 에너지를 쓰게 된다. 인지부조화를 해소하기 위해 스스로를 이해시키고 설득하는 과정이 필요하기 때문이다. 점점 이런 과정에 피곤함을 느꼈고 이내 귀찮아졌다. 그냥 생긴 대로 살기로 했다. '좀 손해 보면 어때, 내 마음이 편한 게 제일 이득이야.' 하며 무엇보다 나를 위한 선택이 무엇인지를 따져 묻고 그 기준에 의해서만 결정하기로 했다.

그 결과 나는 착한 게 맞았고, 이런 내 모습은 타인에게는 그저 바보 같은 수를 두는 것처럼 보였다. 주변 이들은 "호구야?" 하고 속상함을 드러내며 답답해했다. "나도 다 알아."라고 응수하면, 되돌아오는 질책은 "아는데 그러냐!"였다. 남 좋은 일 하는 걸 아는데 그런 선택을 왜 하냐는 것이다. 호구가 되는 게 나로서는 가장 이기적인 선택이었는데 말이다.

지금은 누군가가 나에게 착하다는 평가를 하면 이렇게 답한다.

"맞아요. 제가 좀 착한 편이에요."

가벼운 웃음을 터뜨리기 위한 전략적인 농담 같지만 진심이다.

사람의 됨됨이는 그가 해온 선택들로 증명된다. 지난날 나의 착한 선택들은 내 성정을 입증한다. 스스로 착하다고 말하는 건 어딘가 멋쩍지만, 여전히 착하지만은 않은 생각을 가지고 살기에 내 최종 선택이 선에 가깝다는 사실은 나를 좀 더 바르게 살게 한다. 따라서 인정하기로 했다. 나는 착하다. 나를 지킬 수 있는 선에서 타인을 최대한 배려하는 것이 편안하다.

친한 친구이자 동료인 은하는 이런 나의 착함을 자주 언급하며 나의 손해를 본인의 것처럼 속상해한다. 그렇게까지 착할 필요는 없다고 조언하면서도 다른 선택을 하라고 강요하진 않는다. 과정을 말하지 않아도 내 선택의 이유들을 이해하고 있기 때문일 것이다. 그저 나를 측은해할 뿐이다. 겉으로 보기에 은하는 똑 부러지고 자기 것을 잘 챙기는 사람처럼 보인다(실제로 나보다는 더 잘 챙기긴 한다). 거침없이 자신의 욕망이나 생각을 솔직하게 드러내기 때문이기도 하다. 그래서 우리 둘을 비교할 때 은하는 실리적인, 한편으로 이기적인 선택을 한다고 볼 수도 있겠지만 결국엔 그의 선택들도 타인을 배려하는 것에 가깝다. 결정적일 때 나와 같은 곳을 바라보며 함께 서 있는 친구다. 은하는 항상 내가 착해서 좋다는데 피차 마찬가지다. 나도 착한 인간을 좋아하고 그래서 은하가 좋다.

악이 평범하듯 선도 평범하다. 다만 어떤 평범함은, 유지되기 위해서 보이지 않는 무수한 관심과 노력, 그리고 희생이 필요하다. 이를테면 운전하면서 기꺼이 먼저 양보하는 것, 길을 지나가다 부딪히면 먼저 사과하는 것, 상대의 이야기를 끝까지 들어주는 것, 상대를 민망하게 만들지 않는 것, 인사 한마디라도 진심으로 하는 것, 눈을 보고 이야기하는 것. 먼저 타인의 마음을 헤아리는 모든 행동이 곧 선이라고 생각한다. 혹시 이 정도가 선이라면 본인도 착하다고 생각했는가? 맞다. 당신도 착하다. 그러니 우리 함께 착한 선택을 더 많이 하고 살자고 말하고 싶다. 한 사람의 됨됨이가 착한 선택들로 채워졌을 때, 그와 같은 또 다른 사람들이 모인 세상은 훨씬 살기 좋을 것이다.

사랑의 종말론

화가 난 사람들을 보고 있으면 궁금하다. 왜 저렇게까지 화가 났을까. 자기 분을 못 이겨 어찌할 줄 모르는 사람들은 길을 걷다가도 심심치 않게 본다. 뉴스에서도 분노로 인한 사건사고들이 그 어느 때보다 많이 다뤄지기도 한다. 별것 아닌 일에 화를 표출하는 그들에게 두려움을 느끼기도 했는데 나이가 들면서는 결핍이 보이기 시작했다. 이제 두려움보다는 측은지심이 든다.

지난 5월에 발표된 한 조사*에 따르면 한국인의 55%가 장기적 울분 상태에 시달리고 있다. 장기적 울분이라니. 말만 들어도 가슴이 답답하다. 장기적 울분은 자연스럽게 화병을 떠올리게 한다. 화병은 영어로도 'Hwa-Byung'이라 불릴 만큼 '분노 증후군 anger syndrome'이라고 하는 한국의 독특한 문화적 맥락에서 설명되는 고통 개념이다. 1970년대에 중년 여성들에게 많이 보였던 증상인데 지금은 남녀노소할 것 없이 화병을 겪고 있을 거라 예상한다.

운전하며 도로 위를 달리면 화가 난 차들도 많다.

---

* 서울대학교 보건대학원 건강재난 통합대응을 위한 교육연구단이 2025년 4월 15~21일 만 18살 이상 성인남녀 1,500명을 대상으로 진행한 '정신건강 증진과 위기 대비를 위한 일반인 조사' 결과

우리나라처럼 크락션으로 감정을 표현하는 문화권이 또 있을까. 빵! 하고 짧은소리는 감정이 실리지 않았을 가능성이 크고, 빠아앙 길게 내는 소리는 대개 부정적 감정이 실린 경우가 많다. 한편으로 귀여운 것이 화가 날 수 있는 이런 상황을 잘 넘기고자 사과를 주고받는 모습이기도 하다. 비상등을 켜는 것은 한국인들만의 사인이다. 끼어드는 차 때문에 약간 위험한 상황이 되었어도 앞차의 비상등이 켜지면 크게 문제 삼지 않게 된다. 감정적일 필요 없는 도로 위에서도 사과받고 싶고 존중받고 싶은 게 우리다.

유튜버로서 유명인들의 논란은 쉬이 넘기기 어려운 주제다. 논란 없이 유튜브를 운영하고 싶기 때문이다. 타산지석 삼아야겠다는 마음으로, 온갖 가십에 일절 관심 없는 내가 유명인의 논란에는 신경을 곤두세우게 된다.

언젠가 또 한 유명인이 부정적 여론에 휩싸이는 것을 보고 있었다. 덜컥 겁이 났다.

'이 사람이 진짜 실수한 거라면?'

진실은 알 수 없지만 논란이 된 사건에 대해 당사

자에게 충분한 문제의식이 없었을 수도 있겠다고 생각했다. 그 사람의 행동이 명백히 잘못된 건지 당시에 나도 몰랐고 이후 지인의 설명을 듣고서야 제대로 이해했기 때문이다. 같은 행동을 만약 내가 했다면?이라는 질문을 해보지 않을 수 없었다. 소름이 돋을 만큼 무서웠다. 보통 한국에서 '나락'을 가게 되면 그다음 기회를 얻기란 여간 어려운 일이 아니다. "몰랐다"라는 말은 면죄부가 되지 않는다. 모르는 것도 죄이기 때문이다. 각종 논란을 알아야 논란을 피할 수 있다는 사실은 지뢰밭을 걷고 있는 것과 같은 수준의 공포심을 준다. 지뢰 탐지기를 수시로 업데이트하지 않으면 어디서 폭탄을 밟아 이제까지 해온 모든 것이 터져 없어질지 모른다.

부정적인 여론이 한 사람을 집어삼킬 때 수많은 사람이 기다렸다는 듯 몰려가 온갖 모욕적인 글과 말을 배설한다. 이는 장기적인 울분을 품고 사는 현대인들의 화풀이처럼 보이기도 한다. 안 그래도 짜증 나 죽겠는데 오늘 너 잘 걸렸다 식인 것이다. 특히 선거철이나 경기 침체 등 사회 분위기가 긴장되어 있을 때 심하게는 하루에 몇 번 꼴로 '○○○의 논란'이 터지는 걸 보면 대중이 저마다의 긴장도를 낮

추기 위해 몰려가 욕하는 방식으로 희생됐을 인물이 많았을 것이다. 때에 따라 공인을 검열하는 태도는 필요하지만 중용을 지키는 모습도 우리에게 필요하지 않을까.

이제 내 궁금증의 답을 좀 찾아보자. 다들 왜 그렇게 화가 났을까. 앞서 이야기한 조사의 결과를 들여다보면 저소득층일수록 장기적 울분에 시달린다고 말한 비율이 높았다. 차례대로 '건강 변화'(42.5%), '경제 수준 변화'(39.5%), '정치 환경 변화'(36.3%) 등으로 인한 스트레스가 그 원인이었다. 정신적 스트레스 때문에 건강이 악화한 사람도 다수 있었다고 하니 건강 변화로 받은 스트레스가 다시 건강을 해치는 악순환을 짐작할 수 있다. 그리고 조사에 참여한 이들 중 70%가 우리 사회는 불공정하다고 답했다. 사회의 불안정성이 개인을 화나게 만드는 셈이다. 한마디로 화가 날 수밖에 없는 환경에서 개인의 분노가 쌓여 혐오와 갈등을 만들고 분열을 낳는다.

조사 대상자 전체에게 '스트레스 경험 시 대처 방법'을 고르게 했더니, 가족이나 친구에게 털어놓고 도움을 구한다는 응답이 39.2%로 가장 높았다. 하지만 혼자 참고 아무것도 하지 않는다는 응답도 38.1%

였다. 게다가 이들 중 43.3%는 '외롭다고 느낀다', 33.7%는 '소외돼 있다고 느낀다'라고 답변했다. 외롭고, 소외되니 안으로 곪은 분노는 비상식적으로 터져 나오곤 한다. 분을 삭이는 것이 한국인의 전통적 행동 양식이라지만 화병 환자들이 가득한 세상에서 살아가기란 모두에게 여간 퍽퍽한 일이 아니다.

*

미팅이 있어 강남으로 간 날이었다. 차를 주차하기 위해 사설 주차장에 들어갔다. 주차하고 차에서 내리는데 앵그리 버드 눈썹을 한 주차관리원 아저씨가 내 쪽으로 다가오셨다. 그러더니 내가 아저씨의 손짓을 보지 못하고 다른 곳에 주차했다며 언성을 높였다. 황당한 상황이었다. 그런 게 아니라며 손사래 치며 설명해도 듣지 않았다. 심지어는 이런 말도 덧붙이셨다.

"주차관리나 한다고 무시하는 거야 뭐야!"

당연히 아니었다. 그저 빨리 주차하고 싶었고 얼른 일을 보러 가고 싶었을 뿐이었다. 무슨 말을 더해야 할지 말없이 아저씨를 응시했다. 아저씨는 그렇게 몇 분을 더 혼자서 고래고래 소리 지르며 화를 냈다. 어쩔 수 없이 다른 곳에 다시 주차한 후 미팅 장소로 향하면서 감정을 다스렸다. 이토록 혼이 날 만큼 잘못한 일인지 알 수 없었다. 주차비를 조금 더 내더라도 좋은 빌딩에 주차할걸 하며 후회했다. 미팅을 끝내고 나오면서 이 찝찝한 기분을 어떻게 덜어낼 수 있을지 고민했는데, 나는 시원한 음료를 사서 아저씨에게 건네기로 했다. 이 기분으로 사무실에 돌아가긴 싫었다. 아버지보다 다섯 살은 더 나이가 많아 보이던 아저씨는 더운 여름날에 에어컨도 없는 사무실에 혼자 앉아 있었다. 사무실로 잠깐 들어가 시원한 알로에 음료를 드리면서 말했다.

"많이 더우시죠. 이 날씨에 에어컨도 없네요. 아까는 정말 못 봤어요. 오해하지 마세요, 아저씨. 고생 많으십니다."

아저씨는 상기된 표정으로 나를 봤다. 음료 병을 받아 드는 순간의 표정만으로 한 시간 전 격양되었던 에너지는 사라진 걸 알 수 있었다.

주차비를 계산하고 차로 돌아갈 때 아저씨가 말했다.

"잘 마실게요. 아깐 미안했어요. 다음에 또 보게

되면 인사합시다."

아깐 분명 반말로 화를 내던 아저씨의 태도가 180도 바뀌어 있었다. 내 기분도 한결 나아졌다. 1,400원짜리 알로에 음료로 오후 시간의 평안함을 지켜낼 수 있었다.

여유가 없는 사람은 쉽게 화를 낸다. 마음의 여유, 경제적 여유, 시간적 여유. 울분을 만들어낸 사회적 요인들을 당장 어찌할 수 없다면, 개인적으로라도 이를 잘 관리하는 방법을 찾아야 한다. 우선 마음의 여유를 가지려는 노력이 개인이 할 수 있는 최선일 것이다. 그 방법은 간단하다. 누구를 만나든 서로를 존중한다는 느낌을 주고받는 것이다. 아무도 날 존중하지 않는다, 신경 쓰지 않는다, 사랑받지 못한다고 느낄 때 인간은 외로워진다. 외로움을 방치하면 우울, 불안, 분노로 이어질 가능성이 높다. 그러니 우리는 부지런히 나의 외로움, 당신의 외로움을 돌봐주어야 한다.

우리에겐 사랑하는 사람들이 필요하다. 사랑의 범위를 확대해 서로 조금씩 더 사랑할 필요가 있다. 그래서 사랑이 멸종하기 전에 지켜내야 한다.

이찬혁의 '멸종위기사랑'이라는 노래에는 이런 가

사가 있다.

Back in the day
한 사람당 하나의
사랑이 있었대
내일이면
인류가 잃어버릴
멸종위기사랑

......

왔다네 정말로
아무도 안 믿었던
사랑의 종말론
It's over tonight

사랑이 사라지고 있음을 매일 체감한다. 지구는 점점 더 뜨거워지는데 사랑은 식어가고 있다. 뜨거운 날씨와 함께 상승 곡선을 보이는 건 인류의 분노뿐이다. 나중에 사랑을 천연기념물로 지정해야 하진 않을까.

노래를 들어보면 가사 중에 '사랑의 종말론'은 이렇게 들리기도 한다.

사랑해 정말로.

마치며

못말리는 사랑꾼으로부터

책을 처음 쓰기 시작할 때는 제가 무슨 이야기를 할지 전혀 예상하지 못했습니다. 하고 싶은 말은 많은데, 막상 텅 빈 화면을 마주하면 아득해질 때가 많더라고요. 그래서 그냥 써지는 대로 적어나가기 시작했습니다. 이게 어떻게 흘러가는지는 나중에 가늠해 보기로 한 거죠. 하나둘 원고가 쌓여가고, 정리를 해보니 가장 많이 사용한 단어가 '사랑'이었습니다. 사랑을 말하고 싶었다는 걸 퇴고하고서야 알게 됐습니다.

우스갯소리로 우정과 사랑 중에 골라보라는 질문에 언제나 '사랑'을 고르곤 했습니다. 그때마다 사랑꾼이라고 놀림을 받곤 했는데요. 그땐 확신하지 못했는데, 이제 와서는 사랑꾼이라는 걸 인정할 수밖에 없겠습니다. 책 하나를 사랑으로 채웠으니까요. 하나 달라진 점은 우정과 사랑 중 하나를 선택하라는 질문에 "그 두 개가 그리 달라 보이지 않는다"라고 답할 거라는 것입니다.

간혹 보면 사랑한다는 표현을 아끼는 분들이 계십니다. 정말 마음에서 우러날 때만(그렇게 판단될 때만) "사랑한다"라고 표현하고 싶다는 것인데요. 이런 표현법이 사랑을 더 애틋하고 가치 있게 만든

229

다고 생각하시는 듯합니다.

개인 차이겠지만, 저는 이런 표현 방식에 동의하지 않습니다. 사랑은 표현한다고 해서 닳는 게 아니라고 봅니다. 오히려 그 반대라고 여기는 편이거든요. 쉴 틈 없이 빽빽하게, 기회가 생길 때마다, 아니 기회를 만들어서 상대에게 내 사랑을 알려줘야 한다고 생각해요.

이렇게 생각하는 데에는 제 안의 애정 결핍이 한몫합니다. 제 애정 결핍은 밑 빠진 독 같아요. 누가 채워준다고 채워지지 않는다는 걸 수년 동안 확인했습니다. 밑 빠진 독을 바가지로 채우려 애쓰는 대신, 그 독을 맑고 깊은 호수에 던져 넣어야 하더라고요. 사랑 표현은 제게 호수를 마르지 않게 하는 일입니다.

글에서 웬만하면 본명을 사용하고 싶어 친구들에게 원고를 보내며 허락을 구했어요. 나의 선경에게서는 이런 답이 왔습니다.

'어떤 말로도 위로가 안 된 내 아픔을, 애써 모른 척 묻고 있었던 아픔 전부를 보듬어주는 것 같아서 계속 눈물이 난다. 고마워.'

제 글의 존재 가치를 확인한 순간이었습니다. 그런데 한편으론 이런 걱정을 했어요. 책에 쓰지 않은 사람들이 서운하진 않을까 하는 군걱정이요. 사랑하는 모든 존재를 담기엔 책이 너무 얇았다는 것을 알아주셨으면 합니다.

제가 사랑할 수 있는 사람으로 성장하게 한 이들에게 정말 고맙습니다.

이 책은 하나의 큰 사랑 표현이라고 볼 수도 있겠습니다. 그리고 당신에게 부치는 편지 같다고 생각했습니다. 잘 받아 보셨기를 바랍니다.

사랑합니다.

허휘수 드림.

어떻게 내 사랑을 표현해야 할지

초판 1쇄 발행 2026년 1월 12일
초판 2쇄 발행 2026년 1월 15일

지은이   허휘수
펴낸이   조미현

책임편집   박다정
디자인   강혜림
마케팅   이예원, 공태희
제작   이현

펴낸곳   현암사
등록   1951년 12월 24일 (제10-126호)
주소   04029 서울시 마포구 동교로12안길 35
전화   02-365-5051   팩스 02-313-2729
전자우편   editor@hyeonamsa.com
홈페이지   www.hyeonamsa.com

ISBN   978-89-323-2473-9 (03810)